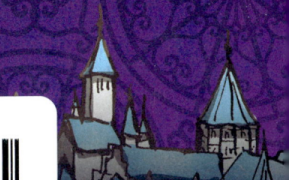

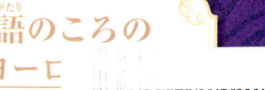

物語のころのヨーロ

この物語は、1910年代にかかれたもの。このころの国々は、領土を広げようと、フランスとドイツも、いつ争いが起きてもおかしくないじょうきょうだった。そういった背景で、この物語も書かれている。1914年には、第一次世界大戦が起きて、フランスとドイツは敵国として戦った。

物語に登場する、実さいにいた人物

ナポレオンや、とくちょうある「カイゼルひげ」が有名な、ドイツのカイゼル皇帝など、歴史的に名をのこした人名が登場する。

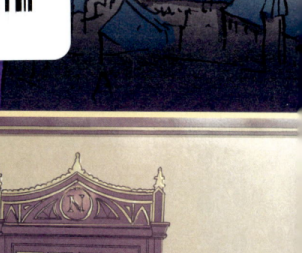

アテナ

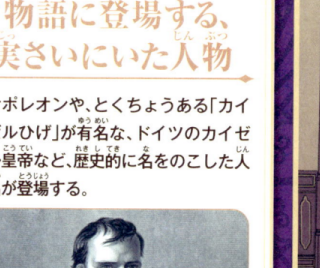

ナポレオン(ナポレオン1世)

1700～1800年代のフランス革命時期の軍人。のちにフランス皇帝となる。

©iStockphoto.com/GeorgiosArt

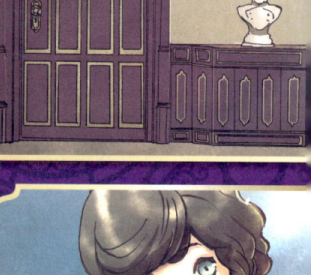

イジルダ

城の管理人のまごむすめ。城で生まれそだった。

ぼくの華麗なる変装も、楽しんでくれたまえ。ルパン

最後までドキドキのミステリー、読んでみてね。

もくじ

事件ナビ……2

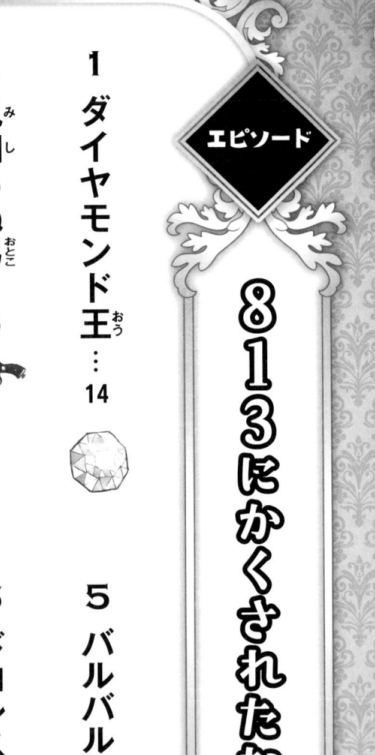

813にかくされたなぞ

エピソード

1　ダイヤモンド王……14

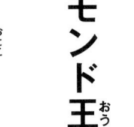

2　見知らぬ男……25

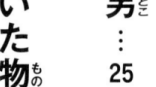

3　かくしていた物……34

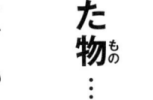

4　ルパンのしわざか？……46

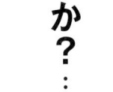

5　バルバルー大佐……59

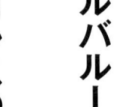

6　ドロレスのなみだ……65

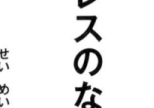

7　ルパンの声明……71

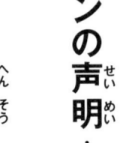

8　ルパンの変装……80

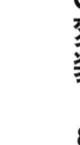

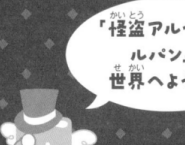

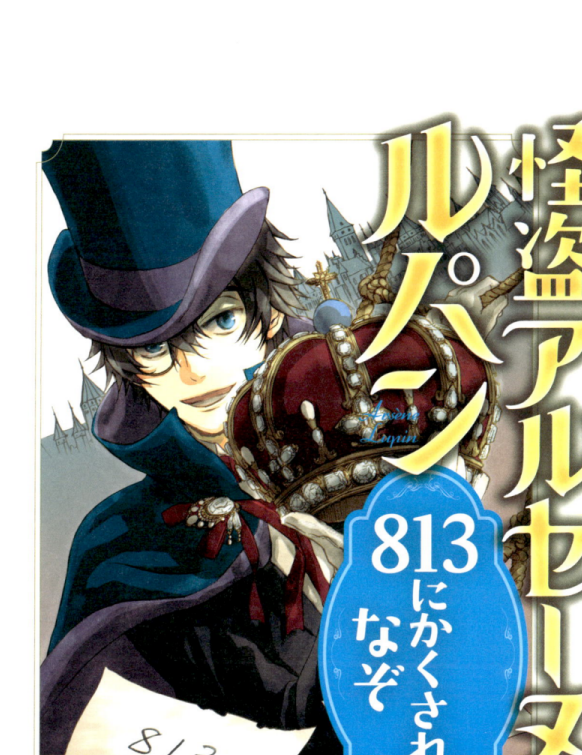

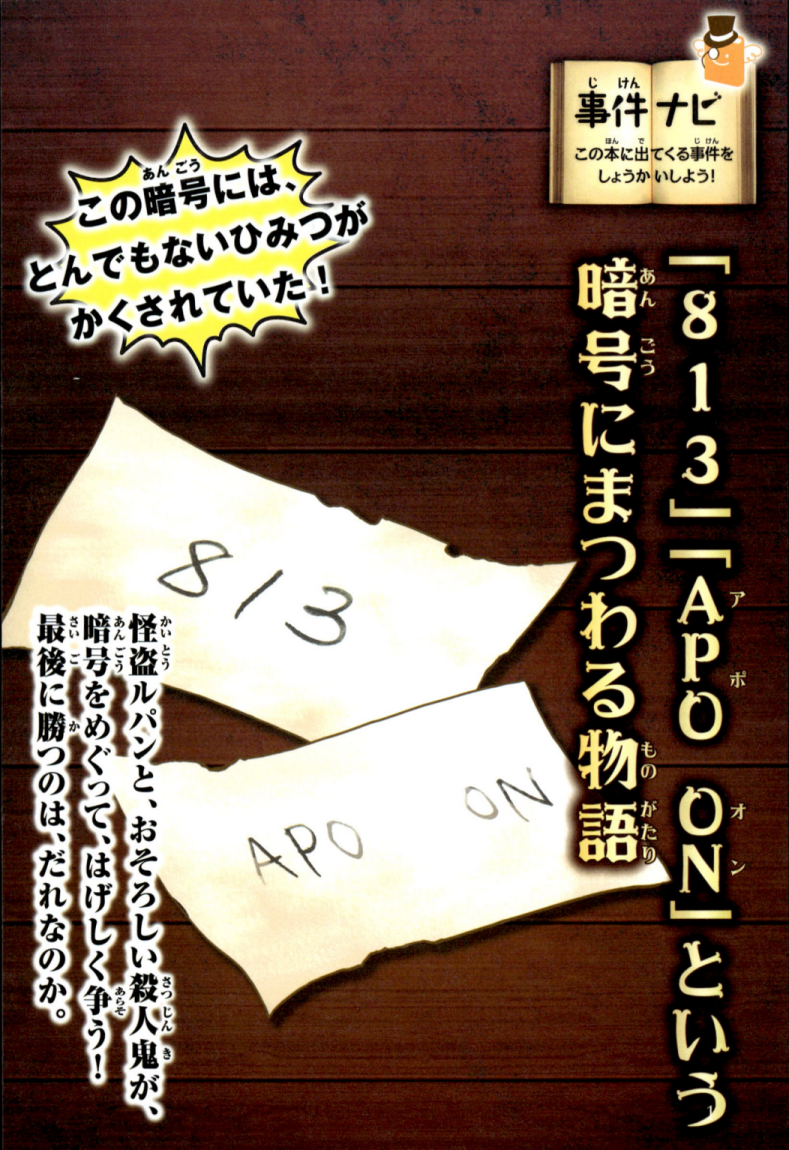

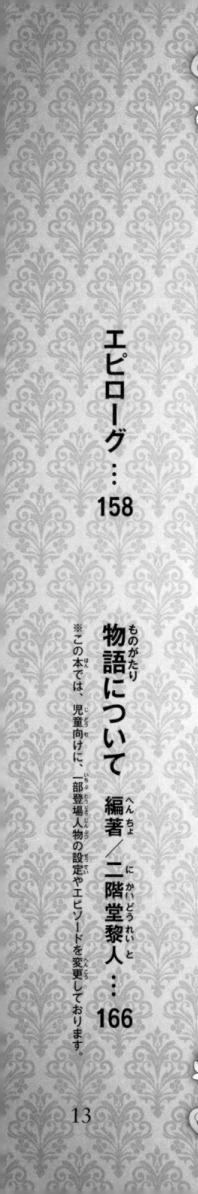
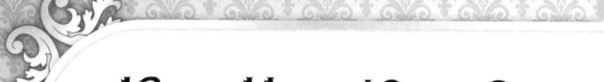

9　刑務所のルパン……89

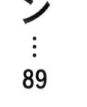

10　身分の高い男性……98

11　ベルデン村の古城……105

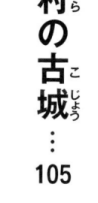

12　ルパンの危機……111

13　Nの文字……117

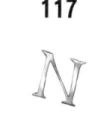

14　813のひみつ……130

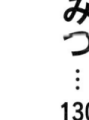

15　にげる怪人、追いかけるルパン……142

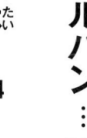

16　殺人鬼の正体……154

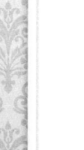

エピローグ……158

物語について

※この本では、児童向けに、一部登場人物の設定やエピソードを変更しております。

編著／二階堂黎人……166

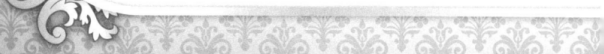

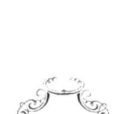

ダイヤモンド王

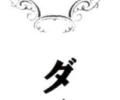

「―チャップマン、まただれかが、この部屋にしのびこんだぞ。」

実業家のケッセルバッハ氏が、不安そうに秘書にいいました。

ここは、フランスのパリにある、ごうかなホテルです。ケッセルバッハ氏は、ある仕事のために一週間前にパリにやってきて、このパリス・ホテルの最上階の部屋をすべてかりきっていました。

ケッセルバッハ氏はドイツ人で、ダイヤモンド王とよばれています。南アフリカに、ざくざくダイヤモンドがとれる、大きな鉱山を持っていて、まだ三十歳なのに、たいへんなお金持ちでした。

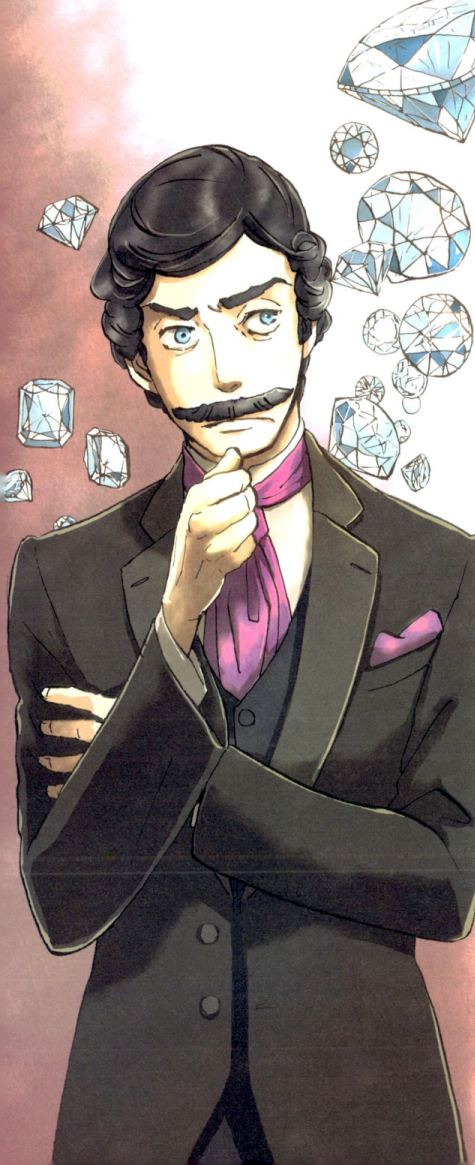

「しかし、だれかが、この部屋に入ったのは、まちがいないぞ。ほら、かばんも、だれかが中をあさったようだ。きのうは、つくえの上の書類が、みだれていた。

そいつは、おれの大事な物をぬすもうとしているか、ひょっとしたら、おれの命をねらっているのかもしれない。」

「それでは、用心しましょう。ホテルの支配人に、警備員をろう下に立たせるよう、たのんでおきます。」

「ああ、そうしてくれ。それから、警察にも助けてもらおうか。パリ警視庁へ電話してくれ——。」

話している間に、不安が、ましたようです。ケッセルバッハ氏は、すぐさま、秘書に電話をかけさせました。

1 ダイヤモンド王

「―だんなさま。ガニマールという警部が、来てくれるそうです。ガニマール警部でしたら、フランスでも一、二をあらそう、すぐれた刑事として有名です。長年、怪盗アルセーヌ・ルパンをつかまえようと、がんばっていますから。」

と、受話器をおいたチャップマンが、いいました。

「そうか。それはよかった。では、ガニマール警部にたのんで、おれをねらうやつをつかまえてもらおう。」

ダイヤモンド王は、満足そうにうなずきました。

アルセーヌ・ルパンといえば、フランスだけでなく、ヨーロッパじゅうの人が知っている、大どろぼうです。

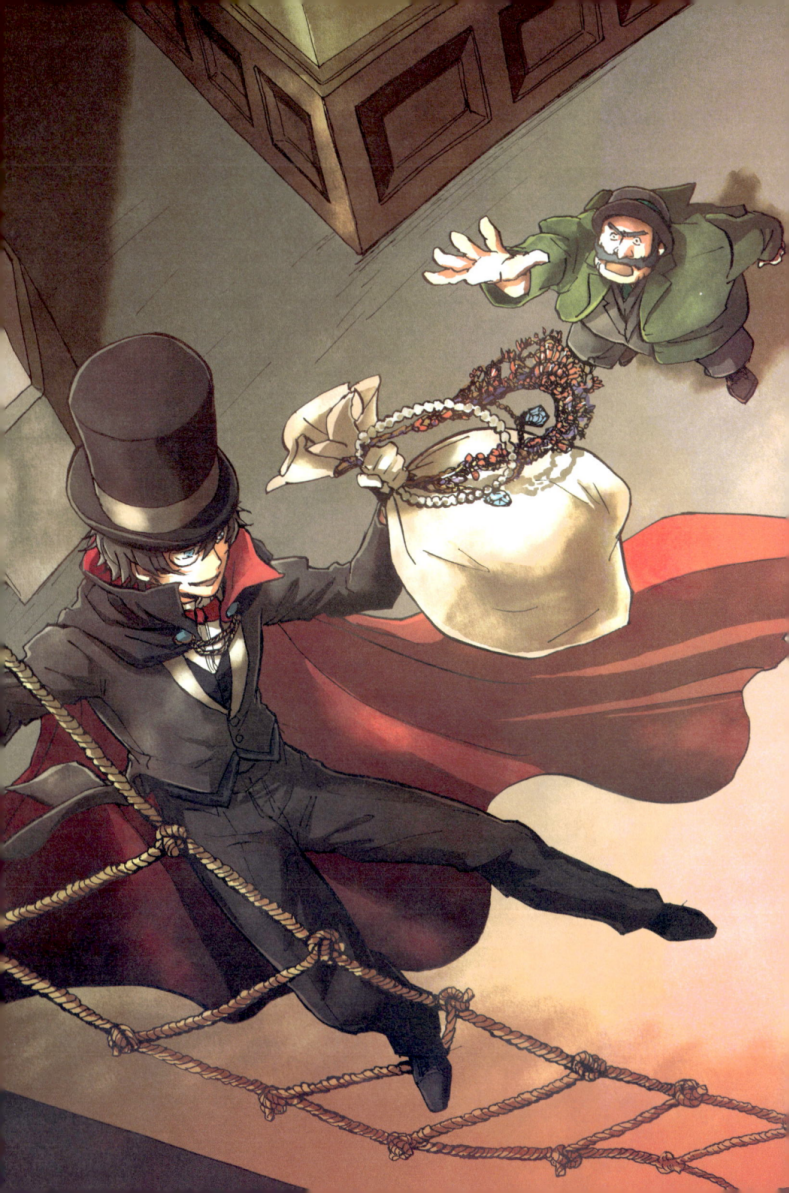

1 ダイヤモンド王

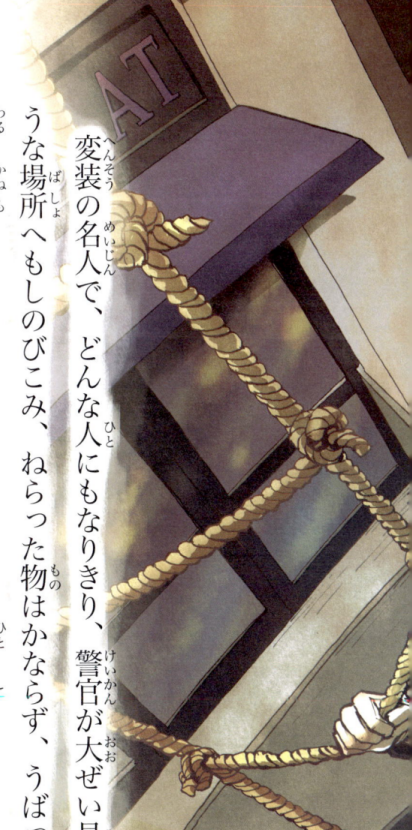

変装の名人で、どんな人にもなりきり、警官が大ぜい見はっているような場所へもしのびこみ、ねらった物はかならず、うばっていきます。

悪い金持ちばかりをねらって、まずしい人や子どもにはやさしいので、《怪盗紳士》とよばれていました。

ですが、一時期は、毎日といっていいほど新聞をにぎわしていたルパンが、なぜか、ここ二年ほどは事件を起こすこともなく、なりをひそめていました。

*なりをひそめる…活動を止めて、じっとしている。

さて、ケッセルバッハ氏は、いらいらしながら、かべにある大きなかがみを見ました。そこには、自分の顔がうつっています。目は青くて、黒い口ひげを生やしています。

（もしや、おれが計画している大きなひみつに、だれかが気づいたのか。それで、おれの部屋にしのびこみ、いろいろとさぐっているのではないか……。

……だが、ぜったいに、このひみつがもれてはならない。この計画がうまくいけば、おれはダイヤモンド王どころか、一国の王様になれるんだ。たいへんな力をにぎれるのだから。そのためにも、用心に用心を重ねるのだ。ゆだんはできないぞ）

心の中で、そう自分にいいきかせたケッセルバッハ氏は、ふりかえっ

1　ダイヤモンド王　

て、秘書にたずねました。

「――チャップマン。そういえば、ドロレスはどこだね。」

「おくさまは、*メイドといっしょに、デパートへ買い物に行かれています。」

「また、たくさんのドレスや指輪を買って、ぜいたくをするわけか。ドロレスにもこまったものだ。おれのさいふに、金がいくらでも入っていると、かんちがいしているのだから。」

大金持ちなのに、妻のお金のつかい方に細かいケッセルバッハ氏は、しぶい顔をしました。

ケッセルバッハ氏と、わかい妻のドロレスは、まだ結婚して、三か月ほどでした。

*メイド……主人の身の回りの世話をする、女性の使用人。

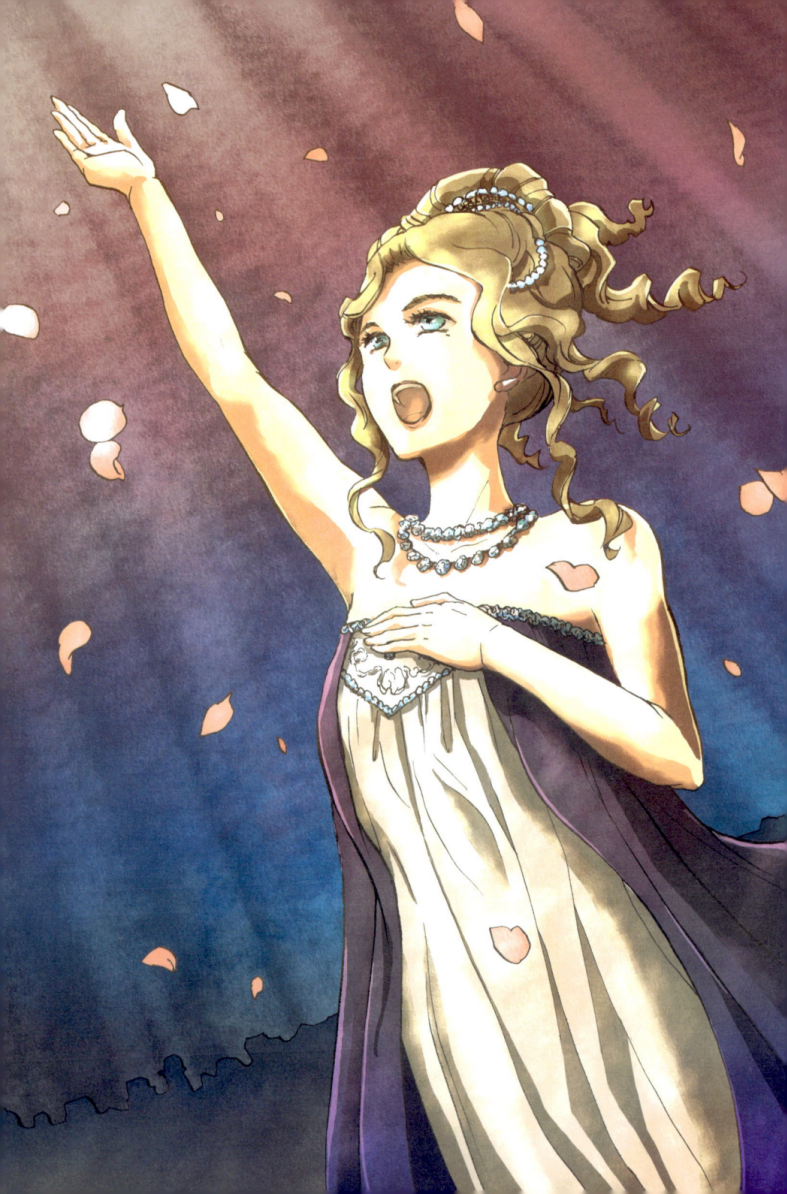

1 ダイヤモンド王

オランダ人のドロレスは、*1アムステルダムの*2オペラ劇場で、歌手をしていました。ケッセルバッハ氏は、そこで美しいドロレスを一目ですきになり、妻にしたのでした。

「まあ、しかたがないか。」

ケッセルバッハ氏が、ため息まじりにいったときでした。電話が鳴り、秘書が受話器を取りました。

「――だんなさま。バルバルー大佐が、ホテルの受付に来ているそうです。」

「そうか。だったら、すぐにむかえに行ってくれ。大事なお客だ。それから、バルバルー大佐がいる間は、ほかの者には会わん。だれも部屋には入れないように。」

*1アムステルダム…ヨーロッパの北西部にある国、オランダの首都。
*2オペラ…音楽に合わせ、歌いながら演じる劇。

というケッセルバッハ氏は、さっきとは打ってかわって、うれしそうな顔でした。

じつをいえば、ダイヤモンド王は、探偵の仕事をしているバルバルーに、あることを調べさせていました。そして、その報告が来るのを、大佐に、ずっと待っていたのでした。

「ガニマール警部が見えたら、どうなさいますか。」

「バルバルー大佐との話が終わるまで、一階のロビーで待っていてもらおうか。」

ケッセルバッハ氏は、にこりとしながら、書き物づくえにすわりました。

*打ってかわる……がらりとかわる。前のようすやたいどと、まったくかわる。

2 見知らぬ男

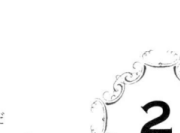

2 見知らぬ男

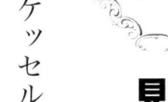

ケッセルバッハ氏は葉巻をすいながら、仕事の書類を、引き出しから出しました。

「——おや。チャップマンは、どうしたんだ。」

書類に目を通しおわり、すいかけの葉巻を灰皿においたケッセルバッハ氏は、顔を上げました。

客をむかえに行った秘書が、なかなかもどってこないのです。

ケッセルバッハ氏は、いすから立ちあがると同時に、はっとしました。

いつから、そこにいたのか——。

となりの部屋につながるドアの前に、そのまま葉で巻いた太いたばこ。

*葉巻……たばこの葉をきざまず、そのまま葉で巻いた太いたばこ。

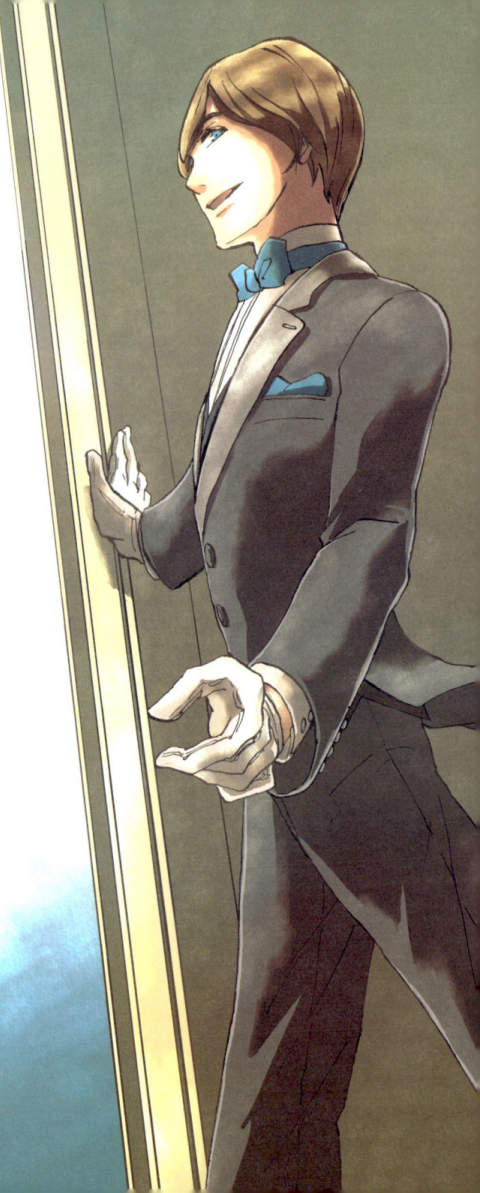

2　見知らぬ男

紳士です。

このぼくが、だれかって？

もちろん、バルバルー探偵事務所のバルバルー大佐ですよ。

「ふざけるな。バルバルー大佐は、おまえなんかじゃない──チャップマン、どこだ！　早く、来てくれ！」

ケッセルバッハ氏がさけぶと、男が、さっとドアを開けたのです。

「あなたがおよびの秘書は、ほら、そこに転がっていますよ。」

ケッセルバッハ氏は、となりの部屋の中を見て、ぎょっとしました。

チャップマンが、なわでしばられ、口にハンカチをおしこまれて、ゆかにたおれていたからです。その向こうには、ピストルを持った、小太りの男がいました。

見知らぬ男の、手下にちがいありません。

「くそう！」

かっとなったケッセルバッハ氏は、つくえの引き出しから、急いでピストルを取りだしました。そして、引き金を引いたのです。

しかし、カチリ、カチリ、と音がするばかりで、たまは出ません。

「はははは。」

男は高らかにわらうと、ケッセルバッハ氏に近づき、そのピストルをうばいとりました。それから、ケッセルバッハ氏のかたをおさえて、無理やり、すわらせたのです。

男の力が意外に強くて、ケッセルバッハ氏は、まったく抵抗できませんでした。

「むだですよ、ケッセルバッハさん。ピストルのたまは、きのうぼくが、

2　見知らぬ男　

この部屋にしのびこんだときに、ぬいておきましたからね。それに、大声を上げて助けをよんでも、ホテルの人間はだれも来ません。この最上階にある部屋は、あなたがすべて、かりきっていますからね。」

「おまえは強盗だな。金なら、ほしいだけくれてやる！」

ケッセルバッハ氏が、どなりました。

「な、なんだ——。金など、いりませんね。ぼくがほしいのは、べつの物です。」

（——もしかしたら、この男は、おれの計画を知っているのか。知って

ケッセルバッハ氏は、ぎくりとしました。

いて、あれをほしがっているのか。）

男は見すかすような目で、ケッセルバッハ氏の顔をのぞきこみました。

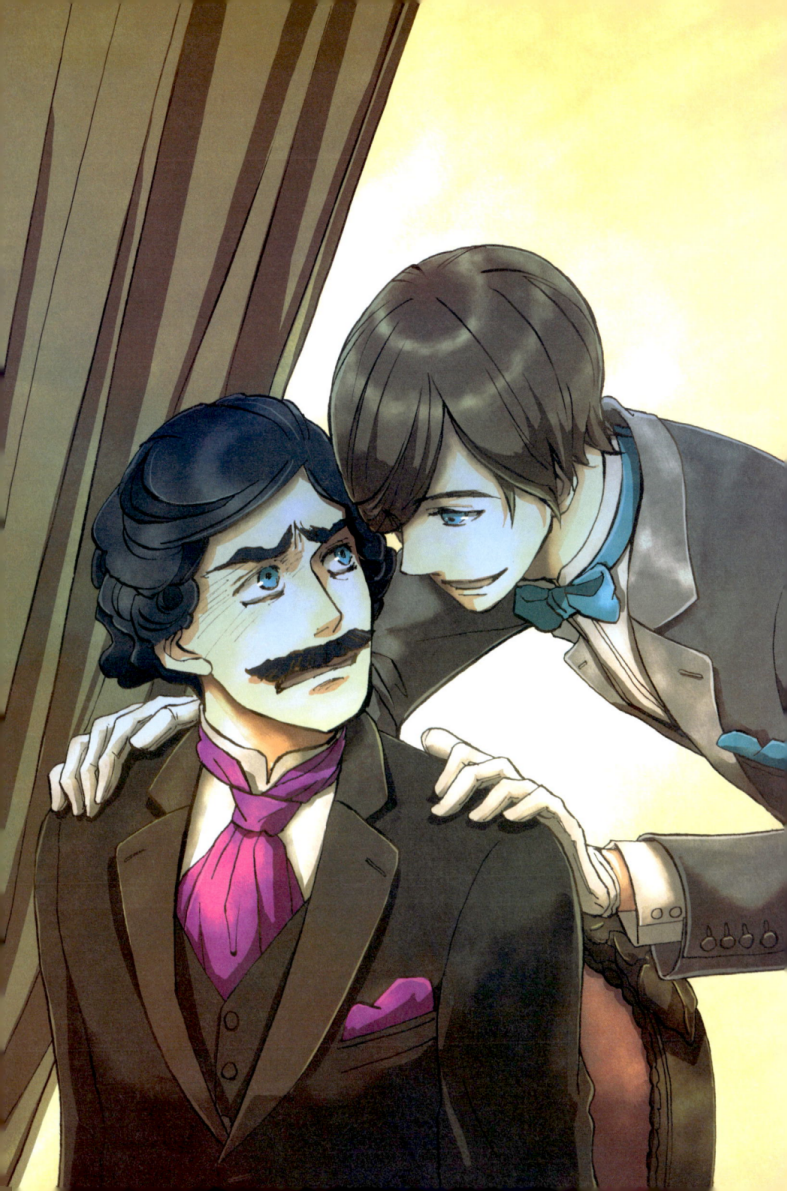

2　見知らぬ男　

「ふふふ。そうですよ。ぼくがほしいのは、黒い小箱です。」

「な、ない。すてしまった。」

ケッセルバッハ氏は、しぼりだすような声でいいました。ひたいには、あぶらあせがうかんでいます。

「うそですね。となりの寝室にある金庫に、その黒い小箱をしまっているのでしょう。」

（どうして、そんなことまで、知っているのだ。）

ケッセルバッハ氏は、あまりのおどろきとおそろしさに、気が遠くなりそうでした。

「い、いや。あれは、ちがう小箱だ――。」

「さあ、金庫のかぎを、ぼくにわたしてください。」

男は、手を出しました。

「いやだ。わたすものか！」

ケッセルバッハ氏は首をふり、必死にこばみました。

すると、男は、うばったピストルにたまをこめはじめました。そして、まようことなく、銃口をケッセルバッハ氏のひたいにおしつけたのです。

「いいですか。これから、ぼくは、十を数えます。その間に、かぎをわたさなかったら、えんりょなく、引き金を引きますよ。一秒でもおくれたら、あなたの頭は、ふっとぶわけです。」

……一……二、……七……八……九……。

「わ、わかった！　いうことを聞くから、やめてくれ！」

ケッセルバッハ氏はふるえながらいい、葉巻入れのそこから、かくし

2　見知らぬ男

ていたかぎを取りだしました。

男は、となりの部屋にいた手下をよび、そのかぎをわたしました。

「マルコ。おくの寝室のかべに、油絵がかかっていて、その後ろに金庫がある。このかぎで、金庫を開けてくれ。」

「わかりました。」

マルコはうなずき、寝室へ入りました。

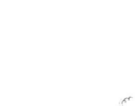

3 かくしていた物

マルコが、金庫のとびらを開けている間に、男は名刺を取りだして、

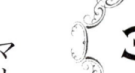

書き物づくえの上におきました。

「自己しょうかいがおくれて、すみません。ぼくは、アルセーヌ・ルパンという者です。」

ケッセルバッハ氏は、身ぶるいしました。それとともに、安心もしたのです。

それを見すかしたように、ルパンはにっこりわらいました。

「ふふふ。ぼくの名前をおぼえていてくれたんですね。ここしばらく、

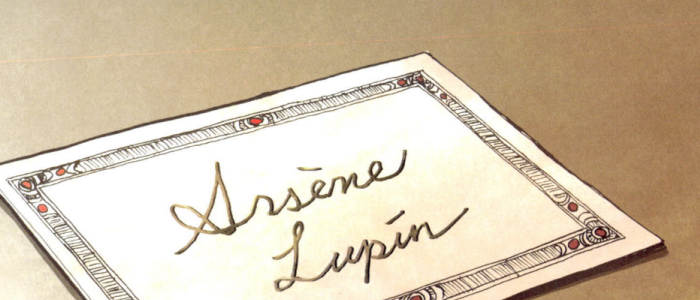

事情があって、世の中をおさわがせしませんでしたからね。みなさんに、わすれられたんじゃないかと、ちょっと心配していたんですよ。

ええ、そうです。ぼくは大どろぼうだが、やさしい紳士です。人殺しはしません。さっき、あなたをピストルでうっといったのは、ちょっとしたおどしでした。悪いことをしましたね。」

「おまえのことは、知っているぞ。とんでもない悪人だ。」

ケッセルバッハ氏は、ルパンの顔にらみました。

しかし、ルパンはそれをむしして、話をつづけました。

「ぼくは、前々から、あなたの計画に興味があって、調べていましてね。あなたがパリへ来て、すぐに、バルバルー大佐という、私立探偵に会ったことも、ピエールという青年をさがしてくれとたのんだことも、知っていますよ。

で、おたずねしたいのですが、いったい、何者ですか、そのピエールという青年は。かれに、どんなひみつがあるのですか。」

知らん。知っていても、いうものか！」

ケッセルバッハ氏は首をふり、強くいいかえしました。

「まあ、いいでしょう。すぐに、*口をわらせてみせますよ。」

3 かくしていた物

ルパンはよゆうの顔で、ほほえみました。

「親分、金庫が開きましたぜ。」

寝室のほうから、マルコが声を上げました。

「中に、何が入っている？」

黒い小箱です。その中には……大きなダイヤモンドが、あります！」

こんな大きなダイヤモンドは、はじめて見ましたぜ、ボス！」

ルパンの部下は、おどろきの声を上げ、小箱を持って走ってきました。きらきらとかがやく、大きなダイヤモンドが入っています。

ルパンはふたを開け、ちらりと中を見ました。

「ケッセルバッハさん。このダイヤモンドが大事ですか。」

ルパンは、にやりとわらい、ダイヤモンド工にたずねました。

*口をわる……かくしていたことなどを打ちあける。

「ああ。」

「では、五十万フランで買いとってください。自分のダイヤを自分で買わないといけないなんて、くやしいでしょう。でも、そうしなければ、ぼくらがもらっていきますよ。」

ルパンはからかうようにいい、ダイヤモンド王は、くやしげにうなずきました。

「わ、わかった。」

「だったら、今から、小切手を書いてもらいましょうか——そうだ。こんな小箱は、じゃまなだけだ。マルコ、あとで、どこかへすておいてくれ。」

ルパンはダイヤモンドをつまみ、黒い小箱は、マルコに投げわたしま

3 かくしていた物

した。すると、

「ま、待て。ダイヤモンドを入れておくのに、その小箱はぴったりなんだ。必要なんだ！」

と、ケッセルバッハ氏が、かなりあわてて、大声でうったえたのです。

そのようすを見て、ルパンは、わらいだしました。

「はははは。やはり、そうでしたね。あなたにとって大事なのは、ダイヤモンドじゃない。この小箱のほうだ。

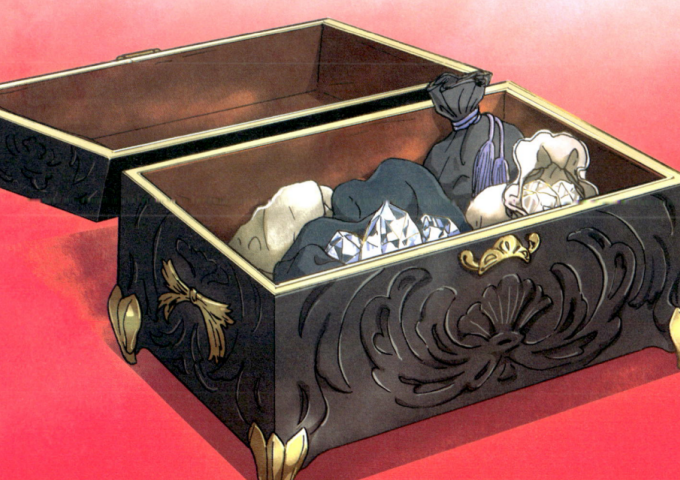

*1フラン…フランスで以前使われていたお金の単位。五十万フランは、今のお金で約五億五千万円。
*2小切手…銀行に預金をしている人が、銀行がお金をはらうように支払い金額を書いた用紙。

つまり、この小箱に、何かひみつがかくされているのでしょう。」

ルパンは、小箱を調べました。ふたを開けしめし、中を、指でていねいにさわりました。

「——ほう。どうやら、ふたのうら側があやしい——ほら、内ばりのべ*ルベット生地が、二重になっているぞ。何が入っているかな——なるほど。おりたたんだ紙が一まい、あるじゃないか。ここに書かれていることが、ケッセルバッハさんがねらっているひみつ、というわけですね。」

「親分、その紙はずいぶんと古い物ですね。何が書いてあるんですか。」

マルコも首をのばし、横からたずねました。

「一まい目の文字は〈APOON〉だ。もう一まいには〈813〉と、書

3 かくしていた物　813

いてある。八百十三と読むのかな、それとも、8、1、3かな？」

そういいながら、ルパンはケッセルバッハ氏の顔を横目で見ました。

表情を読みとるためです。しかし、ダイヤモンド王は、そうはさせまい

と顔をこわばらせ、じっとだまっています。

「親分。〈ＡＰＯＮ〉って、なんです？」

「さあな、マルコ。ぼくにもわからない。ケッセルバッハさんに、教え

てもらおうか。」

ルパンは、二まいの紙をダイヤモンド王につきつけ、きびしい声で、

たずねました。

「さあ、ケッセルバッハさん。教えてください。これは、あなたが苦労

して手に入れた物ですよね。あるひみつについて書いてあるようです

*ベルベット……表面をやわらかく毛ばだてた、つやのある生地。ビロードともいう。

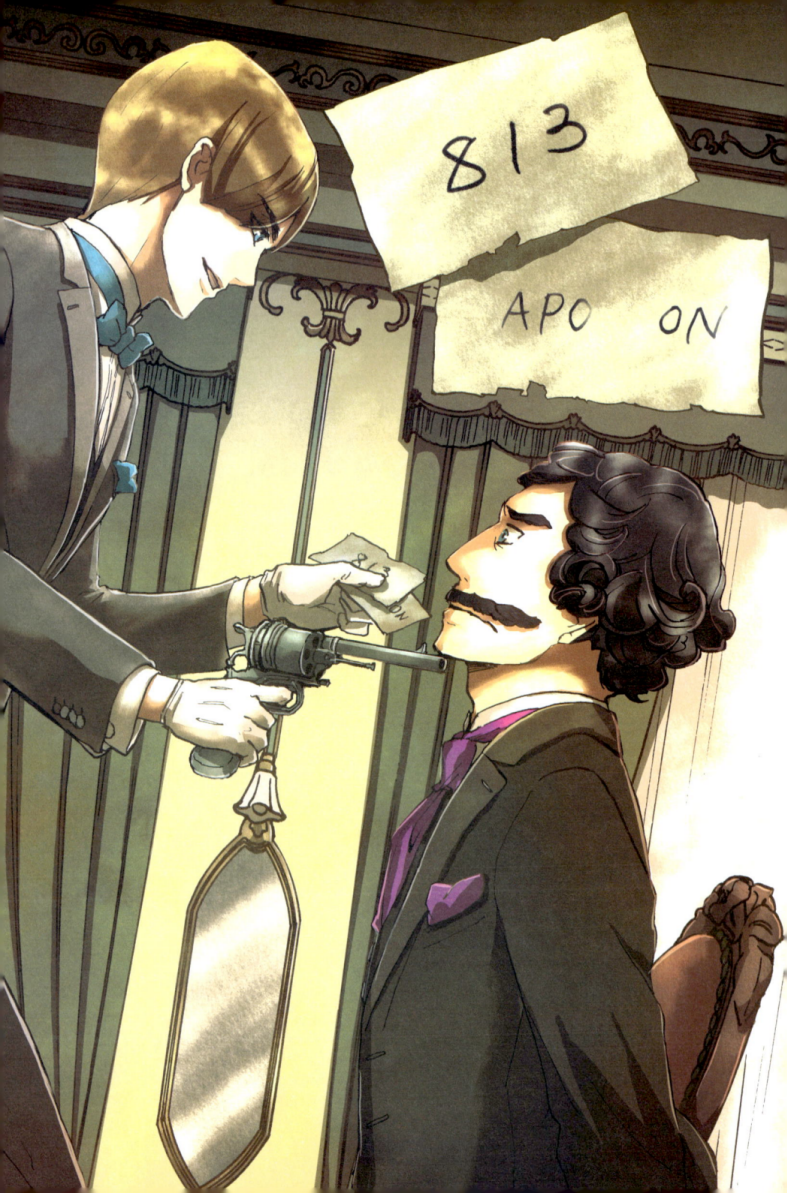

3 かくしていた物

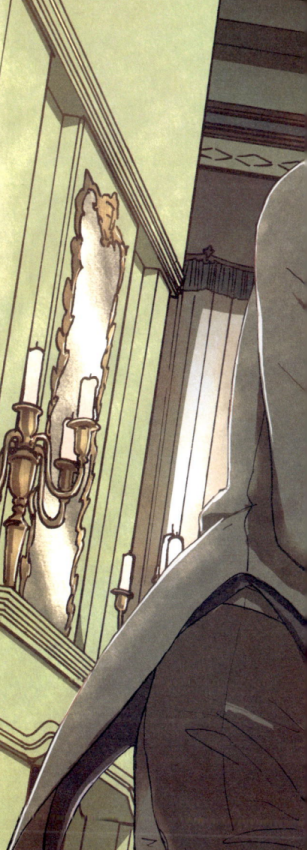

が、〈APOＮ〉やら、〈８１３〉というのは、なんでしょう。」

ケッセルバッハ氏は、ぷいと顔をそむけました。

「知らん。

「うそだ。だれかのいたずら書きさ。ただのメモなら、小箱にかくして、それを金庫になどしまわない。これが何なのか、どこで、これを見つけたのか、どんな価値があるのか、すべて、はくじょうしてもらいましょうか。」

ケッセルバッハ氏は、だまりこくって、答えません。

ルパンは、そんなかれの顔をのぞきこみました。

「ケッセルバッハさん。ぼくは怪盗で大どろぼうだが、あなただって、そんなにいい人間じゃない。あなたがこれまで、さんざん悪いことをして、大金持ちになったことを、ぼくはよく知っている。

だから、どうでしょう。ぼくとあなたとで、手を組みませんか。あなたの大きな計画に、ぼくも協力します。ふふふ、ぜったいに成功まちがいなしですよ。」

「いやだ！」

ケッセルバッハ氏の返事に、ルパンは目を細めました。

「では、あなたは、もう二度と、愛するドロレスさんとは会えなくなり

3　かくしていた物

ますよ。

「なんだって!?」

ダイヤモンド王は、ぎょっとしました。

「あなたが、ぼくのいうことを聞かないのなら、ぼくは、あなたのおくさんをさらって、遠い外国かどこか……もう、一生会えないところへつれていきます。もちろん、おどしではなく、ほんとうにね。さあ、どうですか、ケッセルバッハさん。ぼくの申し出を受けいれるのか、ことわるのか、すぐに答えてください——。」

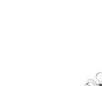

ルパンのしわざか？

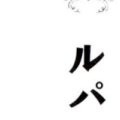

──一時間後。

一人の男が、パリス・ホテルの受付でしかめっつらをしていました。

パリでいちばんうでがいいといわれている、ガニマール警部です。

何者かにねらわれている、と相談があり、ケッセルバッハ氏によばれてきたのですが、受付が最上階の部屋へ電話をしても、つながらないのです。

ガニマール警部は、いやな予感がしながら、エレベーターに乗って、最上階へ行ってみました。

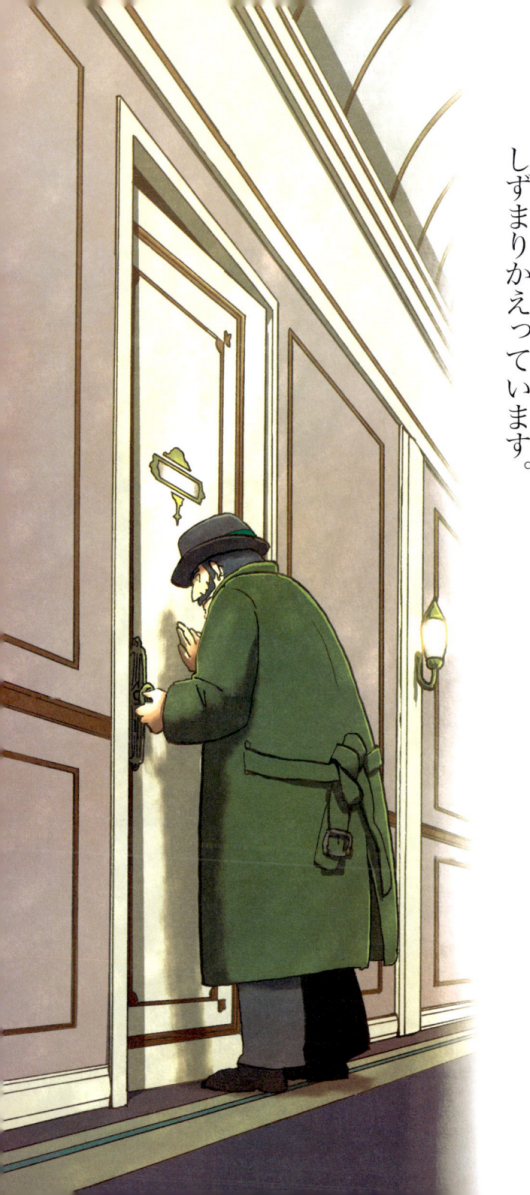

ガニマール警部はピストルをにぎると、用心しながら、中に入りました。

はじめの部屋と、次の居間には、だれもいません。そして、おくを見ると——

寝室のドアが開いていて、そこに、人がたおれているではありません か。

金髪の、わかく美しい女性です。

ガニマール警部は、あわててかけよりました。女性はひたいにきずがあり、気をうしなっていました。

「だいじょうぶだ、息はある——。」

さらに、寝室のおくを見たガニマール警部は、はっと息をのみました。

「——くそ。とんでもないことになったぞ。」

4 ルパンのしわざか？

ベッドの上には、一人の男性が、あおむけにたおれていました。新聞の写真で見たことがある顔です。ダイヤモンド王の、ケッセルバッハ氏でした。さらに、首から、血が流れています。

さらに、まくら元には、

"アルセーヌ・ルパン"

と印刷された名刺が、おかれているではありませんか。

ベッドのそばには、ケッセルバッハ氏を切りつけたと思われるナイフが、落ちています。ナイフはべったりと血でぬれていて、名刺にも少し、血がついていました。

「いや、まさか。ルパンが人殺しをするなんて……。」

ガニマール警部は、まったく信じられないといった顔で、名刺を見つ

めました。

二年前までは、毎日といっていいほど世の中をさわがせたルパンが、

このところ、まったくすがたを消していました。ですが、ひさびさに

登場したルパンは、殺人鬼となってしまったのでしょうか──。

殺人事件が起きたことで、ホテルは大さわぎとなりました。パリ警視

庁からは、捜査のために、大ぜいの警官がやってきました。

その中に、ルノルマン刑事部長という、七十歳になる老人がいました。

ガニマール警部の上司です。

昔、事件で、かた足にけがをして、つえをつきながら歩いています。

髪もひげも真っ白ですが、目は、ぎらぎらと光っていました。

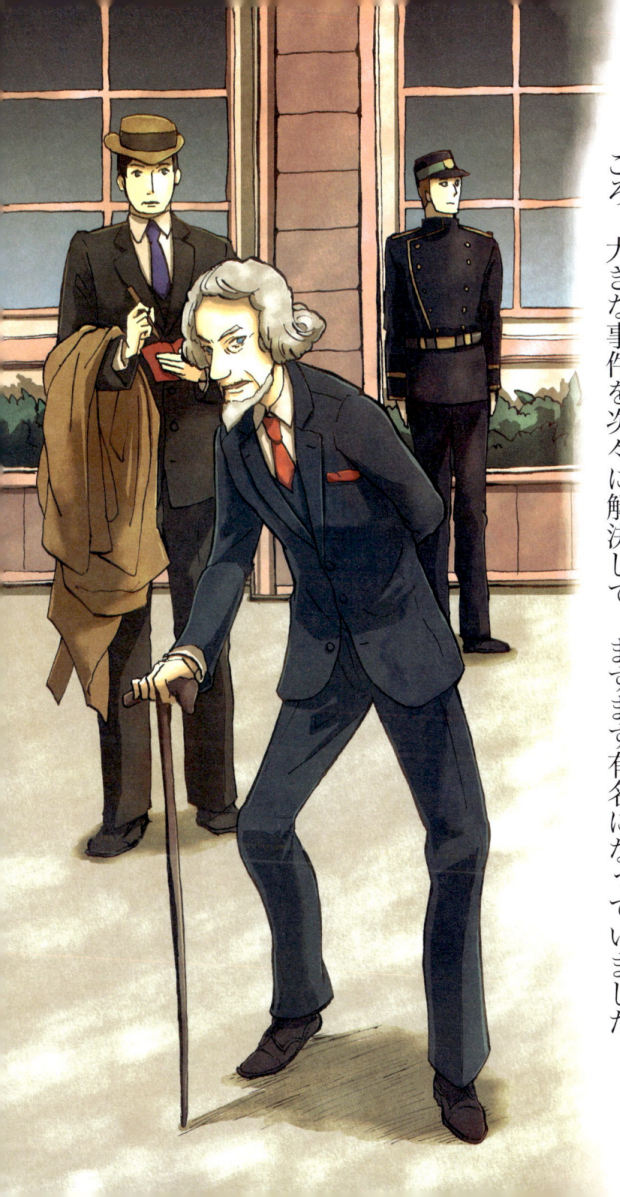

「─ガニマール。ルパンが、ダイヤモンド王を殺したかもしれないというのは、ほんとうか。」

ガニマール警部は、ベッドのまくら元を指さしました。

「本物かわかりませんが、ルパンの名刺が、のこされていました。」

「ふむ。ひさしぶりに、ルパンという名を聞いたな……だが、かれは、これまで一度も人を殺したことがない。ぬすみはしても、人をきずつけることはなかったが……。」

そうつぶやいて、ルノルマン刑事部長は、考えこみました。

「ええ。わしも、あいつは血を見るのがきらいだと信じていましたし、今でも……。」

ルパンのことをよく知っているガニマール警部も、怪盗紳士が人を殺

4 ルパンのしわざか？

すことには、引っかかるものがありました。

「ケッセルバッハ氏のおくさんが、ここにたおれていたとか。」

「はい、ドロレスです。ひたいにけがをし、気をうしなっていたので、ホテルの医務室でねかせています。」

「だれかに、なぐられたのかな。」

「ドロレスはメイドをつれて、デパートで買い物をしてきたのです。たぶん、ここへ上がってくると、夫をさがすために、寝室へ入ろうとしたのでしょう。そのとき、中にいた犯人に、なぐられたのではないでしょうか。」

「メイドは、どこにいたんだ？」

「ホテルの受付にいました。たくさんの買い物をしたので、デパートの

スタッフが品物をとどけました。それを、受けとっていたのです。」

「ほかに、使用人はいなかったのかね。」

「先ほど、秘書のチャップマンが見つかりました。この階のろう下のつきあたりにある物置に、しばられて、おしこめられていました。

けがはありません。」

「かれは、なんといっている？」

「二人組みの男におそわれて、しばられたそうです。ルパンと名乗る男が、ケッセルバッハ氏をピストルでおどし、何かひみつを聞きだそうとした。そして、金庫の中に入っていた物を、うばいとったようです。

それから、秘書は物置にとじこめられてしまったので、ケッセルバッハ氏が殺されたところは、見ていないそうです。」

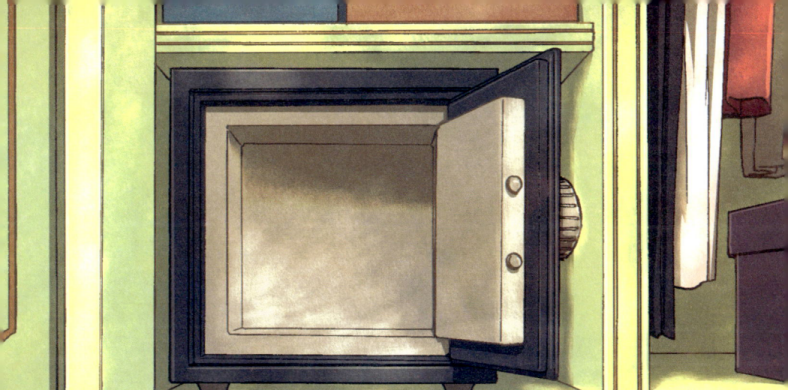

ガニマール警部は、かべにある金庫に目をやりました。とびらは開いていて、中は空っぽでした。

「ピストルでおどしていたのに、ナイフで殺すというのは、へんな話だな。」

「そうですね。」

ルノルマン刑事部長は、みけんにしわをよせました。

「金庫には、何が入っていたんだろう。大金かな。ケッセルバッハ氏がにぎっていたひみつとは、なんだろう。どうも、*うらがある。

*うらがある…物事の表面にはあらわれない、かくされた理由やようす、仕組みがある。

「それが、ひみつについては、何も知らされていなかったそうです。ただ、手がかりになりそうなことが、二つあります。

まず、ケッセルバッハ氏は、私立探偵をつかって、だれかをさがせていました。それから、金庫に入っていたのは黒い小箱で、中に、大きなダイヤモンドと、メモが二まい入っていたそうです。」

「何が書かれていたんだ？」

「秘書が聞いたという、犯人とケッセルバッハ氏との会話によると、メモには、〈APOＮ〉という文字と、〈８１３〉という数字が、書いてあったようです。」

「ふうむ。どういう意味だろう。」

りそうだが、秘書はどういっているんだね。」

4 ルパンのしわざか？

「暗号でしょうかね。」

と、二人そろって、首をかしげました。

もちろん、すぐに答えは出ません。

ルノルマン刑事部長は、メモにつ

いて考えるのを早々とあきらめ、

二人組みの男たちは、この最上階へ、どうやって出入りしたのかな。」

と、ガニマール警部にたずねました。

「ホテルの外にある、非常階段を使ったようです。うら口を出たところにいたボーイが、上からあわてておりてくる、あやしい二人の男を目にしています。ただ、黒いマスクをしていたので、顔は見えませんでした。」

「もし、この名刺がほんとうなら、ルパンと、やつの手下というわけか。」

「ルパンが犯人なら、そうなりますな。」

と、ガニマール警部は、しぶい顔をしました。

そのとき——。

わかい警官が入ってきて、ルノルマン刑事部長に耳打ちしました。

「ガニマール。バルバルー大佐という探偵がフロントに来ていて、今回の事件について、話したいことがあるといっているそうだ。わたしは、その男に会ってくるから、この階の捜査は、おまえにまかせたぞ。」

そういうと、ルノルマン刑事部長は、つえをついて、ゆっくりと部屋を出ていきました。

*耳打ち……ほかの人に聞こえないように、相手の耳に口を近づけて、小さな声で話すこと。

5 バルバルー大佐

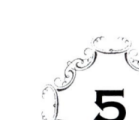

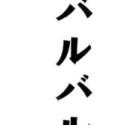

ホテルのロビーにいたのは、四十歳くらいの男性でした。落ちつかないようすで、あたりを見回しています。がっしりした体格で、ルノルマン刑事部長は一目で、この男が元軍人だと、見ぬきました。

「わざわざ、すみませんな。今回の事件について、きみは、何かを知っているそうだが。」

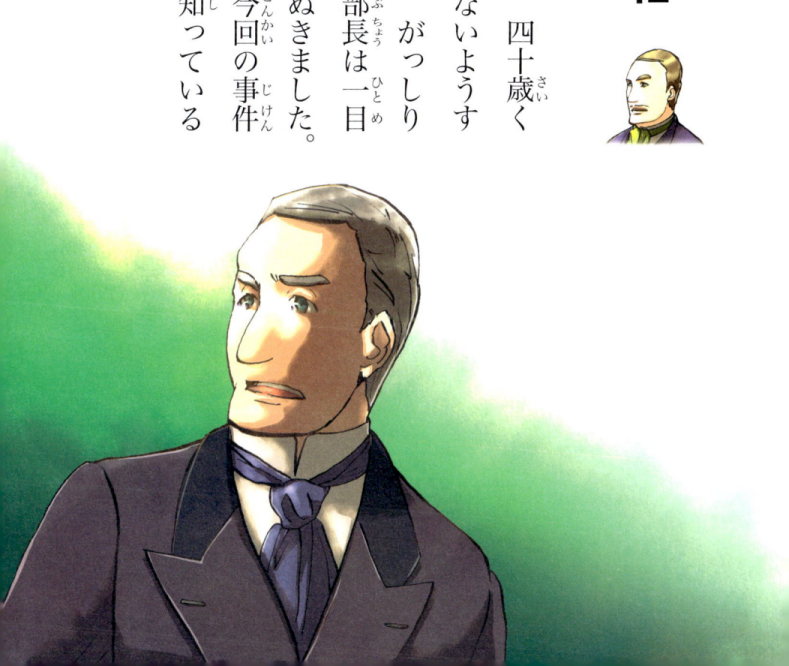

ルノルマン刑事部長が声をかけると、バルバルー大佐は、うわずった声で、答えました。

「ケッセルバッハ氏が殺されたと聞きましたが、ほんとうですか。」

「うむ。ざんねんながら、ほんとうなのだ。」

すると、バルバルー大佐はいいにくそうに、

「じつはわたし、ケッセルバッハ氏から、ある人物をこっそり見つけだしてくれと、たのまれていました。」

と、話しだしました。

「ある人物？」

「ピエールという名の、青年をです。ただ、さがしている理由は、教えてくれませんでした。」

5 バルバルー大佐

「見つけたのかね。」

「はい。やっとさがしだしました。それで、ケッセルバッハ氏に報告しようと思って、ここへ来たわけです。そうしたら――。」

「ピエールとは、どんな人物だ。」

「二十歳の、まずしい青年です。ドイツの*1ベルデンという村に、一人で住んでいます。*2ライン川の近くです。木を切って売るなどして、なんとかくらしています。」

「その村なら知っている。フランスに近い場所で、古い城があるところだろう。昔、フランスの皇帝*3ナポレオンが、ドイツにせめいったとき に、*4落とした城の一つのはずだ。」

「ええ。」

*1 ベルデン……ドイツ西部の地名。*2 ライン川……ヨーロッパ中部を流れる大きな川。*3 ナポレオン……おもに一八〇〇年代に活やくしたフランスの軍人・政治家。*4 落とす……城などをせめてうちやぶり、取ること。

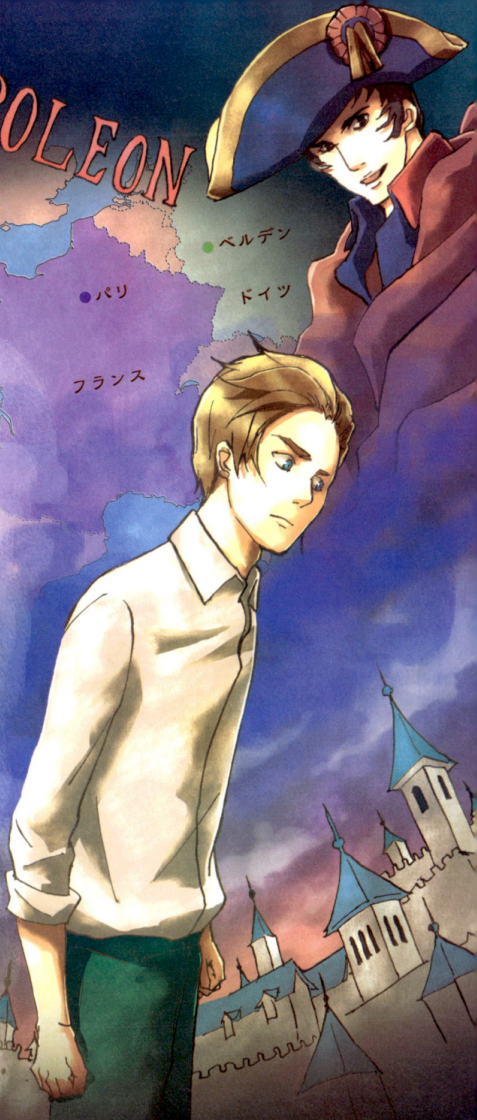

5　バルバルー大佐

「ピエールのことを、ほかのだれかに話したかね。」

「いいえ。あなたにだけです、ルノルマン刑事部長。ケッセルバッハ氏からは、くれぐれもひみつにしろといわれていましたし。」

「では、バルバルー大佐。この件は、ぜったいに、だれにもいわないことだ。命が、おしければね。」

バルバルー大佐が、ぎょっとします。

「どうしてですか。」

「そのピエール青年は、今回の殺人にかかわっているかもしれん。だから、かれのことを知っているきみにも、危険がおよぶ場合もある。」

「ああ、そんなことになるなんて。わたしは、だれにもいいません！」

そういうバルバルー大佐の声は、ふるえています。

ルノルマン刑事部長は、あごの先をなでながら考え、いいました。

「……次にピエール青年も、ねらわれるかもしれん。よし、わたしの部下を、今すぐそのホテルへ案内してくれ。二人つけるから、かれらに安全なところにかくまおう。」

ピエール青年を引きわたすんだ。

「はい。おっしゃるとおりにします。」

バルバルー大佐は、まじめな顔でうなずきました。

「ところで、きみは、〈APON〉とか、〈813〉などという言葉を、聞いたことがあるかね。」

「いいえ。それはなんですか。」

「知らないのなら、いいんだ。わすれてくれ——。」

少しがっかりした顔で、ルノルマン刑事部長は、手をふりました。

6　ドロレスのなみだ

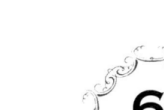

ドロレスのなみだ

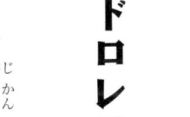

それから一時間ほどたって、ケッセルバッハ氏の妻、ドロレスが気づきました。すぐさまルノルマン刑事部長とガニマール警部は、かのじょのもとに向かいました。

「ああ、なんということでしょう。どうして、主人は……。おねがい、生きかえって……。」

ドロレスはそうつぶやきながら、ベッドの中で、しくしくないていました。顔色は悪く、声にも力はありません。

「おくさん。＊おくやみを申しあげます。こんなときになんですが、犯人

*おくやみ…死んだ人のことを悲しみ、ざんねんに思うこと。また、その言葉。

をつかまえるためにも、お話をうかがいたいのですが。」

ルノルマン刑事部長が、しずかに声をかけました。

「……は、はい……なんでしょう。」

ドロレスは、レースのハンカチでなみだをふき、ルノルマン刑事部長を見つめました。

その顔は、悲しみにくれながらも、まるで宝石のような美しいかがやきを、はなっていました。

ルノルマン刑事部長もガニマール警部も、思わず息をのんだほどです。

「ホテルにもどったあなたが、見たことを教えてください。」

ドロレスは、力なく首をふりました。

「……は、はい。……寝室のドアを開けたら、夫が、ベッドに、たおれ

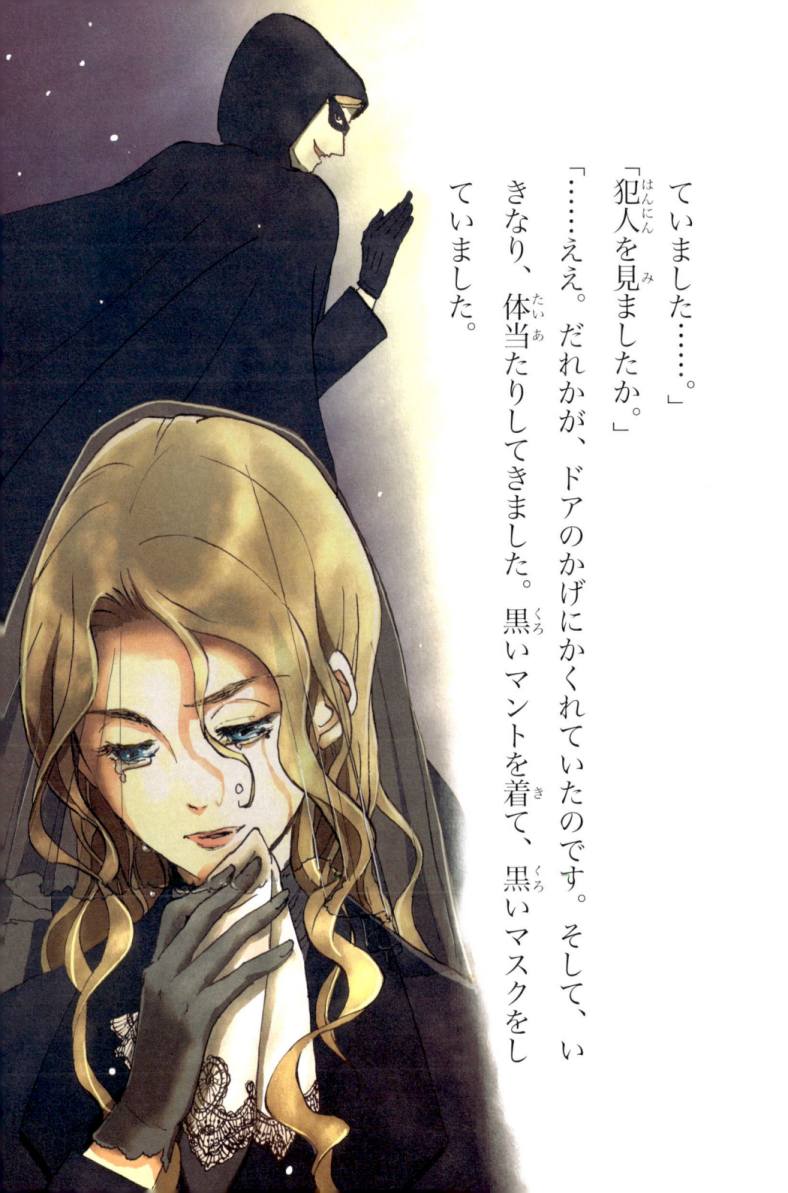

ていました……。」

「……犯人を見ましたか。」

「……ええ。だれかが、ドアのかげにかくれていたのです。そして、いきなり、体当たりしてきました。黒いマントを着て、黒いマスクをしていました。

ですから、顔はよくわかりません……。」

「黒マントの男、ですか――なるほど。

それでおくさん、あなたはたおれて、そのまま、気をうしなってし

まったのですね。」

「はい。お役に立てなくて、すみません……。」

ドロレスは、小声であやまりました。

ルノルマン刑事部長は、さらに質問しました。

「ところで、ご主人のことを、うらんでいるような人はいませんでした

か。あるいは、主人のことで、何か仕事で、もめていた人とか。」

「ぞんじません。

主人は、仕事のことは、いっさい、わたしには教えてくれませんで

6 ドロレスのなみだ

した。」

「では、ご主人が、よく出かけていた場所などは、ごぞんじではありませんかね。」

「ええと……そうですわね……。ドイツのベルデン村には、何回か行っておりましたわ。」

ルノルマン刑事部長は、内心、おやっと思いました。

ベルデン村といえば、さっきバルバール大佐の話の中にも出てきたばかりの、ピエール青年が住んでいる所だからです。

「どうして、そこに？」

ルノルマン刑事部長がたずねると、

「主人が、ベルデン村にある古い城を、買いとったからですわ。わたく

しのための別荘にすると……。」
と、やさしかった夫のことを思いだしたように、ドロレスは、また、なみだをうかべました。

7 ルパンの声明

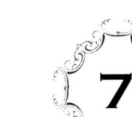

ルパンの声明

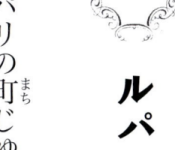

パリの町じゅうが、たいへんざわめいていました。大金持ちとして有名な、ダイヤモンド王ケッセルバッハ氏が殺され、さらに、死亡説もあったルパンが、犯人かもしれないと――。

しかし、よく日の朝、パリじゅうの人々が、さらにおどろくことになりました。

新聞の一面にでかでかと、ルパンの声明が、のっていたのです。

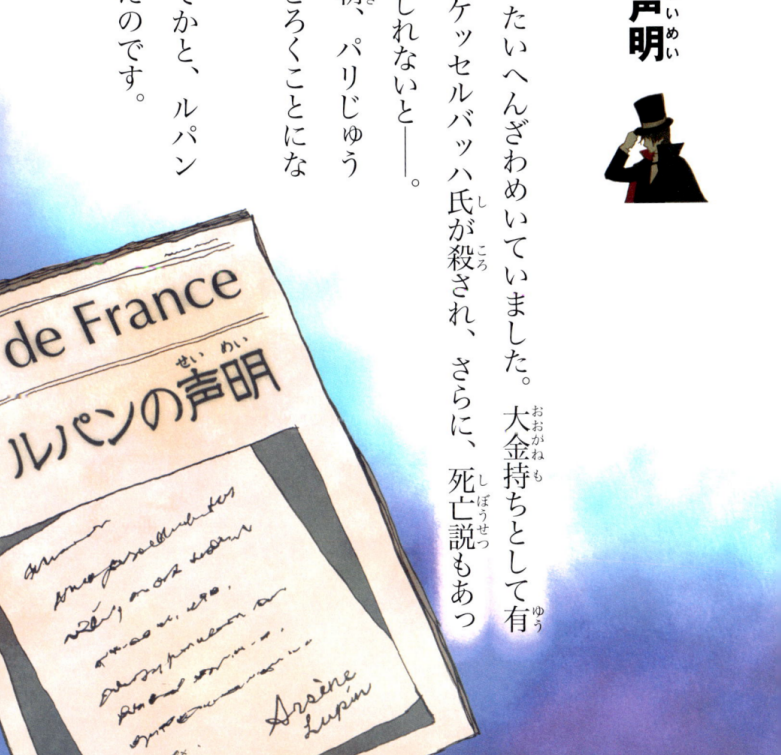

ケッセルバッハ氏を殺したのは、ぼくではありません。ぼくはどろぼうですが、人をきずつけるようなことは、ぜったいにしないのです。

ぼくの名誉をとりもどすためにも、ぼくは、ケッセルバッハ氏を殺したと思われる、黒マントの男をつかまえて、警察につきだすつもりです。

アルセーヌ・ルパン

（ルパンは、殺人犯ではなかった！）

（いいぞ、ルパン。真犯人をつかまえろ！）

（いいや、これは、ルパンがうそをついているんだ！）

7 ルパンの声明

人々は、いろいろなことをいいましたが、ルパンにしろ、そうでないにしろ、ケッセルバッハ氏を殺した犯人——黒マントの男——が、どこかにいるのです。まだ、パリの町にいるかもしれません……。

人々は、おそろしさにふるえあがっていました。

一方、パリ警視庁では、警視庁でいちばんえらいとされる警視総監が、ルノルマン刑事部長とガニマール警部を、よびつけていました。

「きみたちに来てもらったのは、ほかでもない——。警視総監がゆっくりといいはじめると、捜査でつかれたようすのルノルマン刑事部長が、さえぎりました。

「わかっています。ケッセルバッハ氏を殺した犯人のことですね。」

「そうだ。早く、ルパンをつかまえるんだ。」

という*天敵の登場に、この上なくふきげんといったようです。

警視総監は、ルパンという天敵の登場に、この上なくふきげんといったようです。

「ですが、ルパンは殺人犯ではありませんぞ。ケッセルバッハ氏を殺した犯人は、べつの人物です。」

ルノルマン刑事部長が、そうきっぱりいったので、警視総監はおどろいた顔になりました。

「どうしてだね。新聞に、ルパンが声明を出したからか。」

「それもあります。しかし、秘書のチャップマンの話を聞けば、ルパンは、ケッセルバッハ氏からほしい物をうばいました。とすると、わざ、かれを殺す理由はありませんな。」

警視総監は、ガニマール警部を見ました。

7 ルパンの声明

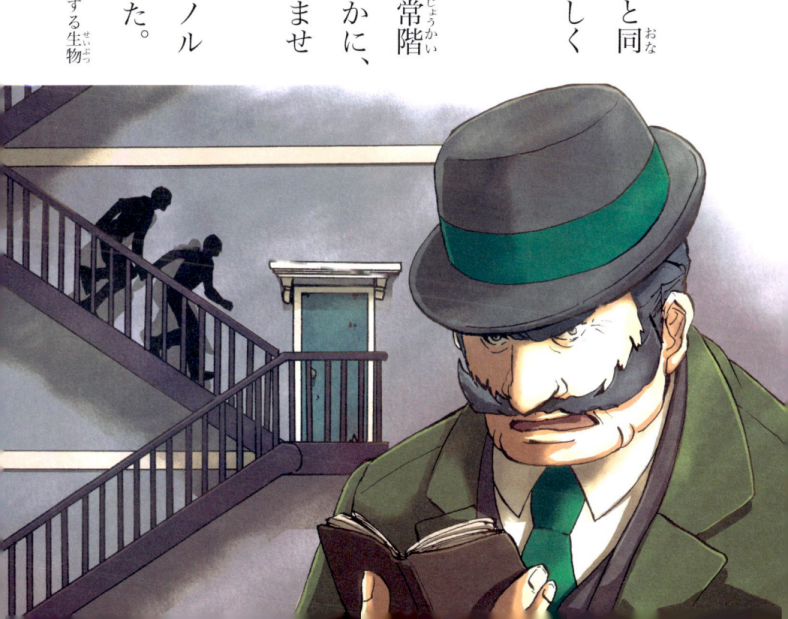

「きみはどう思う、ガニマール。」

「わたしも、ルノルマン刑事部長と同じ意見です。殺しは、ルパンらしくありません。」

「では、犯人は何者だ？」

「わかりません。今のところ、非常階段を使ってにげた二人の男のほかに、あやしい者は、目げきされていません。」

と、ガニマール警部がいうと、ルノルマン刑事部長が説明をつづけました。

*天敵……ある生物にとって、食べられたり、殺されたりする生物のこと。ここでは、思うとおりにいかない相手のこと。

「その二人は、ドロレスさんが、ケッセルバッハ氏の死体を発見するよりも十五分も前に、ホテルからにげています。つまり、ケッセルバッハ氏を殺したと思われる黒マントの男は、その二人とは、べつの人間ということになるわけですな。」

「そうか。で、このあとは、どうする？」

まいったなあという顔の警視総監に、ルノルマン刑事部長は、答えました。

「ガニマール警部には、ホテルやパリ市内の捜査を、つづけてもらいます。わたしは、これから車で、ドイツのベルデン村まで行くつもりです。ケッセルバッハ氏は、死ぬ直前まで、何かを調べていたようです。

それに、フランスじゅうに古い城があるのに、なぜか、ドイツのべ

7 ルパンの声明

ルデン村の古い城を買いとっていました。ベルデン村には、事件の手がかりが、何かあるのではないでしょうか。」

「そうか、ベルデン村にな。」

と、警視総監は、うで組みして考えこみました。

ルノルマン刑事部長は、部下のほうへ顔を向けました。

「――というわけだから、ガニマール警部。こっちの捜査は、すべてみにまかせるからな。」

「わかりました。」

ガニマール警部が、深くうなずいたときでした。

警官につきそわれて、青い顔をしたドロレスが入ってきました。黒い服に、黒いレースで顔をおおい、*もに服しています。

*もに服す……親や兄弟などの近親者が亡くなってから悲しみをあらわして、一定期間つつましく生活すること。

「どうしましたか、おくさん。あなたは気分が悪くて、病院に行かれたと、聞いていましたが――」

少しおどろいた顔で、ルノルマン刑事部長がたずねました。それに答え

しかし、かのじょは、それにはこたえず、つんとしたようすで、かれのわきを通りぬけ、まっすぐ警視総監のところへと歩いていきました。そして、一通の手紙を、とまどった表情の警視総監に、手わたしました。

「警視総監。この手紙が、わたくしのバッグに入っていました。どなたからか、わかりませんが――」

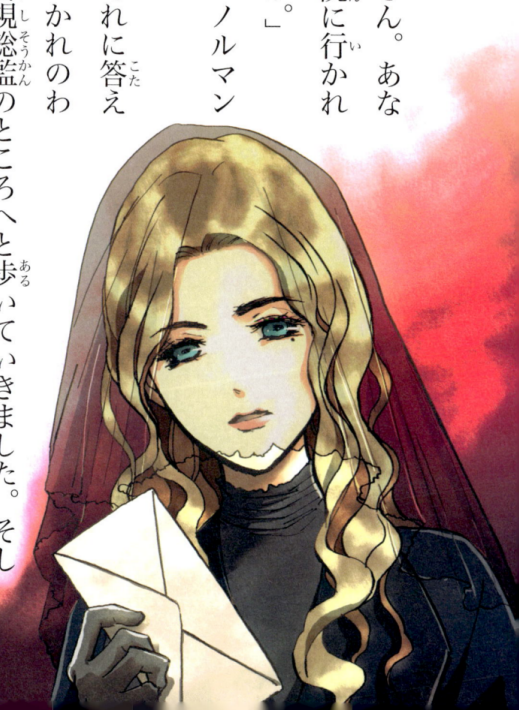

7 ルパンの声明

手紙を開いた警視総監の顔が、みるみるこおりつきました。

ケッセルバッハ夫人へ

この手紙を、パリ警視庁の警視総監にわたしなさい。

ほんとうのルノルマン刑事部長は、三年前に死んでいる。

今のルノルマン刑事部長は、にせものだ。

その正体は、アルセーヌ・ルパンだ。

そして、ケッセルバッハ氏を殺したのは、アルセーヌ・ルパンである。

黒マントの男

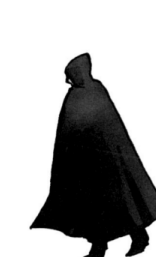

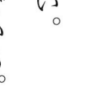

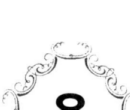

ルパンの変装

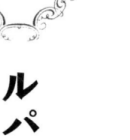

「ルノルマン刑事部長が、ルパンだと？」

警視総監が、つぶやきました。

なんということでしょう。パリ警察の名刑事で、数々の手がらを上げてきたルノルマン刑事部長の正体が、あの大怪盗アルセーヌ・ルパンの変装なのだと、その手紙には書いてあるのです。

その場にいるみんなが、おどろきのあまり、こおりついていました。

これは、ほんとうなのでしょうか!?

いち早く動いたのは、ガニマール警部でした。年老いた上司のうでを

8 ルパンの変装

がしっとつかみ、どなりました。

「ルノルマン刑事部長、動かないでください。あなたを、これから調べます。」

ルノルマン刑事部長は、その場で一人だけ落ちついたようすです。そんなふうに見えますかな。このわたしが、ルパンのわけはないでしょう。

「ばかばかしい。このわたしは、数十年間、たくさんの事件を解決して、たくさんの悪人をつかまえてきた。ルパンの敵ですぞ。」

やっと、ショックから少しだけ立ちなおったようすの警視総監は、

「う、うむ。それはよくわかっておる。だが……。」

と、こまった顔で、ガニマール警部とルノルマン刑事部長の顔を、こうごに見ました。

「─失礼します。」

つめたい声でいい、ガニマール警部は、ルノルマン刑事部長の上着をさわりました。内ポケットの中にある物を、すべて取りだすと─。その中に、黒い小箱と、何やら紙があるではありませんか。

「ああ、それは、主人が大切にしていたダイヤモンドの箱です……。」

ドロレスが、なきそうな声を出しました。

「─なんということだ。ルノルマン刑事部長が、ルパンだというのは、ほんとうのことだったのか。」

と、警視総監は目を大きく見開きました。すると、ルノルマン刑事部長が、かたをふるわせて、わらいだしました。しかも、その声は今までのしわがれたものではなく、とてもわかい、ほがらかなものでした。

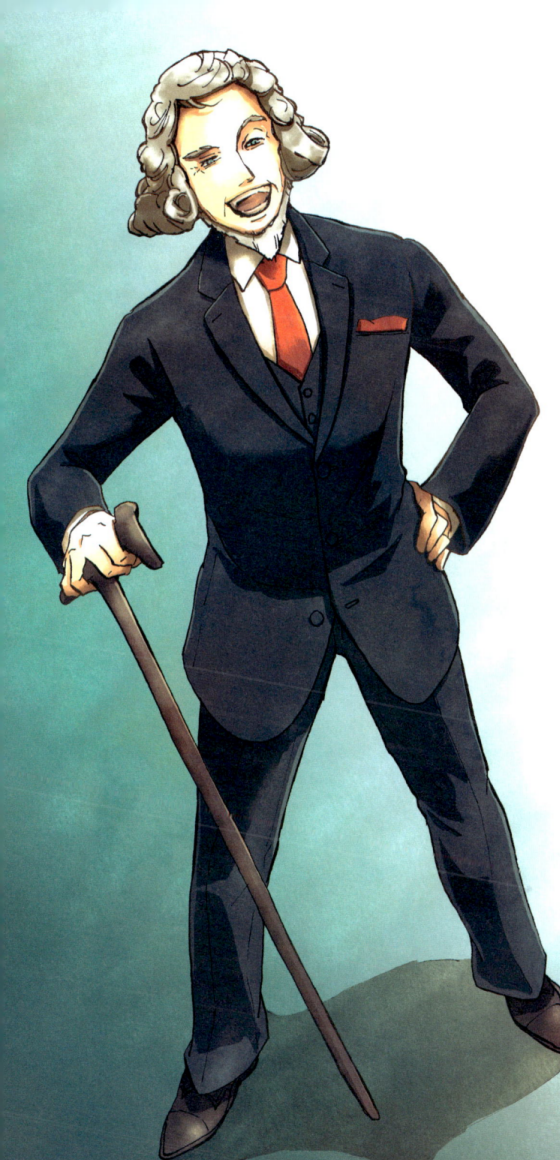

あなたがたが、一生けん命、つかまえようとしていた怪盗ですよ。そして、ぼくは、その手紙にあるとおり、三年前から、ルノルマン刑事部長になりきっていました。」

それを聞いて、ガニマール警部は、うめきました。

「うむ。たしか、ルノルマン刑事部長は、三年前に、インドに旅行へ行った。そのときから——いいえ、ルパン——は、にやりとしました。

「そうですよ、警部さん。かれは、インドで熱病にかかって、亡くなってしまったんです。それで、ぼくがかれに変装して、ずっと、刑事部長の仕事をしていたわけです。パリ警察の一人として、悪人をつかまえる、おてつだいをしていたわけです。なかなか、いや、とてもいい

8 ルパンの変装

はたらきをしていたでしょう。もちろん、警察のみなさんの情報も、すっかりわかる、すてきな仕事でしたがね。ふふふ。」

そうわらうと、かれは、曲がっていたこしをのばして、白いかつらと白いつけひげにふれ、それをペリペリとはずしました。さらに、ふわりと出したハンカチで顔をふくと、あっという間に、しわもなくなった のです。

「どうですかね、警部さん。このくらいわかい顔なら、見おぼえがある のではないですか。」

その男は、かた目をつぶり、ウインクしました。そこには、わかわかしくて、エネルギーにみちあふれた青年が立っていました。

「ル、ルパン――。」

「だいじょうぶ、にげませんよ。長いこと、ルノルマン刑事部長とルパンの、一人二役をやっていたので、少しつかれてしまいました。あの見はりのきびしい、サンテ刑務所の中で、何日か休むのも、そう悪くはないでしょう。

ええ、ゆっくり休めるし、すばらしく大きな建物なので、ぼくは、あの刑務所を、サンテ宮殿とよんでいますがね。

――さあ、ガニマール警部。手錠をかけてください。」

そういって、ルパンは、両手を前に出しました。

ガニマール警部は、用心しながら、素早くルパンに手錠をはめました。

「行くぞ、ルパン。」

ガニマール警部は、ルパンを引っぱりました。

8　ルパンの変装

「ちょっと待ってください。ガニマール警部。ケッセルバッハ夫人に、話したいことがあるんですよ。」

ルパンは、そうたのみました。

そして、警視総監の後ろにかくれるように立つドロレスに、やさしい声で、話しかけました。

「おくさん、ケッセルバッハ氏を殺し、あなたをおそったのは、ぼくではありません。

*サンテ刑務所…フランスのパリ南部にある、巨大な刑務所。

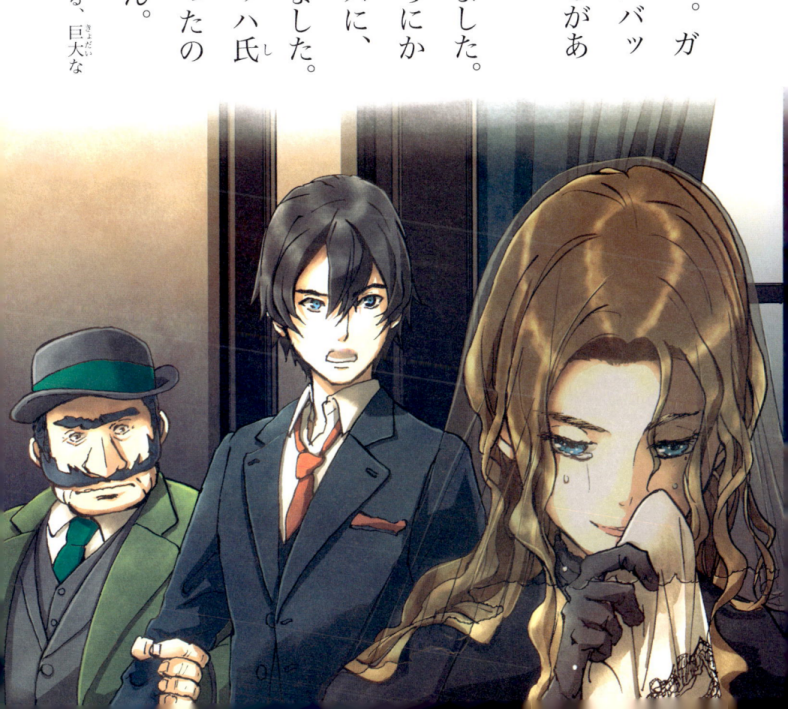

ざんねんながら、ぼくはサンテ宮殿に行くので、今すぐ、犯人を追えません。ですが、数日のうちに刑務所からにげだして、かならず、そいつ——黒マントの男——をつかまえますよ。そのことを、お約束しておきます——。」

9 刑務所のルパン

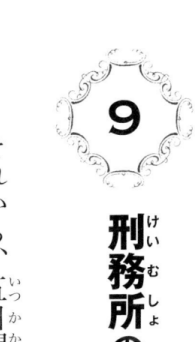

それから、五日間、ルパンは、きびしく見はられたサンテ刑務所の独房の中で、おとなしくしていました。いえ、小さなベッドに横になり、目をつぶって、ひたすら考えていたのです。

ケッセルバッハ氏を殺し、ルノルマン刑事部長がルパンだとあばいた黒マントの男は、いったい何者なのか。

ケッセルバッハ氏がつかんだ、大きなひみつとは何か。

古いメモに書いてあった、〈APON〉と〈813〉には、どんな意味がかくされているのか。

*独房…刑務所などで、収容者を一人だけ入れておく部屋。

ルパンが、あることにひらめいたちょうどそのとき、看守が、食事を持ってきました。

ルパンは、小声でたずねました。起きあがり、皿を受けとった

「どうだ、ドードビル。ベルデンの古城のようすは？」

じつは、この刑務所ではたらいているドードビルも、ルパンの手下だったのです。

「おれの弟が、ドイツ人の警官

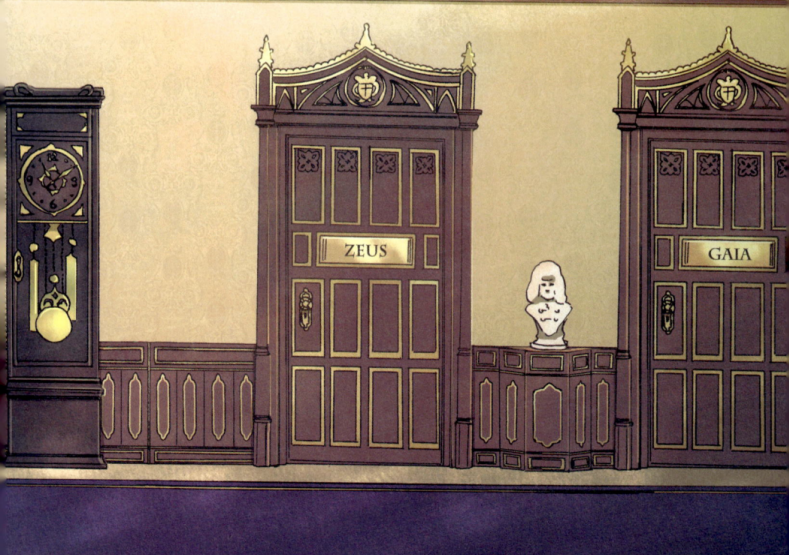

9 刑務所のルパン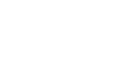

に化けて、古城の中を見てきました。ボスが、おっしゃっていたとおりでした。どの部屋にも、番号ではなくて名前がついていました。」

「それは、ギリシャ神話の、神様の名前だったろう。」

「ええ。アテナ、ゼウス、ガイア、プロメテウス――。」

「アポロンも、あったか。」

「ありました。」

*看守……刑務所で囚人の監とく・警備をする職員。

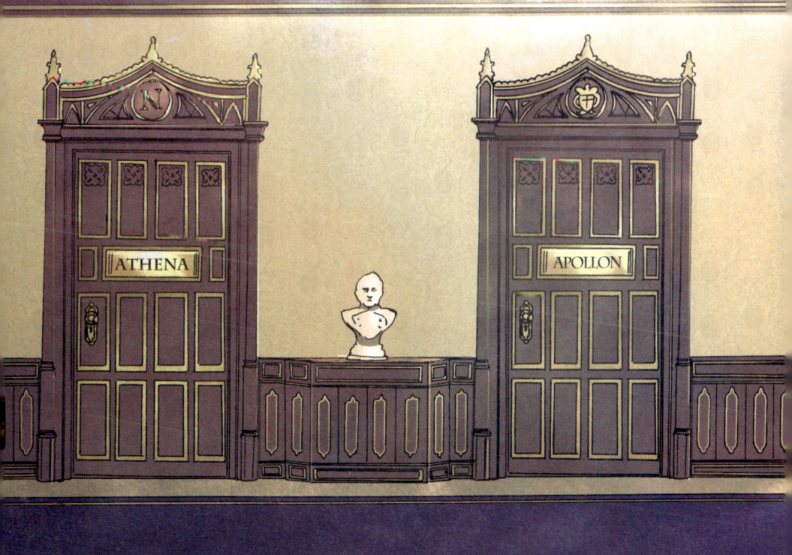

でも、どうして、部屋に神の名前がついているとわかったんですか、ボス。」

感心したようにドードビルがたずねると、ルパンは、ほほえみました。

「まあ、かんたんな推理さ。それよりも、ピエールという青年は、どうしている？」

「サティとデュカスが、バルバルー大佐から青年をあずかりましたよ。ボスのかくれ家につれていって、かくまっています。」

サティもデュカスもルパンの部下ですが、パリ警視庁の警官としてはたらいています。

「青年の身の上は？」

「かれは、自分には家族はいないと、いっています。赤んぼうのころ、

9 刑務所のルパン

教会の前にすてられていたのを、神父が助けてくれたそうです。村人も、そういっています。」

「サティとデュカスに、青年の両親をさがさせてくれ。死んでいるかもしれんが、もっとくわしく、身元を知りたい。」

「わかりました。そうつたえます。」

ピエール青年は、ある大物のあとつぎの可能性があるんだ。かれをうまく仲間にして、さらに、〈APO ON〉と〈813〉のなぞを解ければ、一国の王様のように、ぼくたちは、巨万の富をえられるかもしれないんだ。」

ルパンは、うれしそうな顔でいいましたが、ドードビルは、こまったような顔になりました。

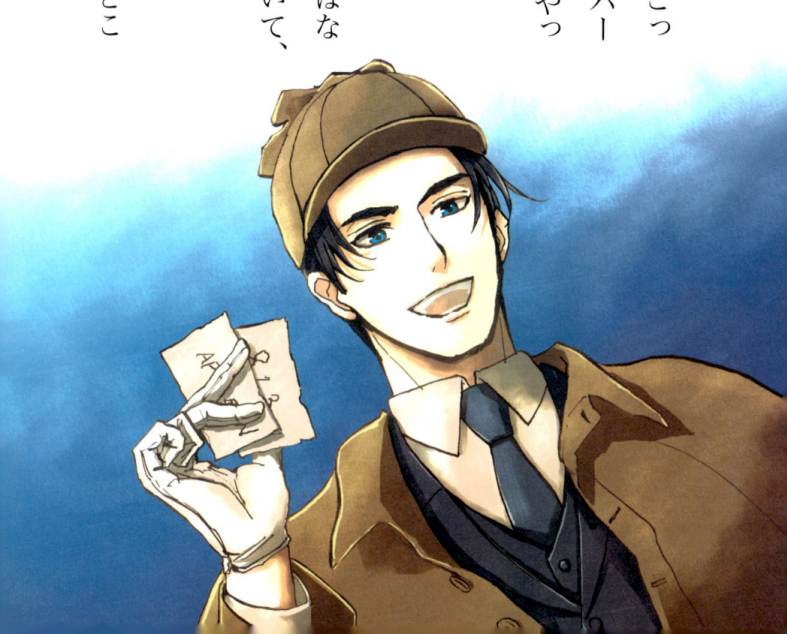

9 刑務所のルパン

かの、有力者らしいのですが……」

「ショームズは、いつ、古城に行くんだ？」

「それが、おととい、もう古城に入りました。」

「じゃあ、ひみつはもう、あばかれてしまったのか！」

めずらしくがっかりした表情のルパンに、ドードビルは、首をふりました。

「いいえ。それが、さすがショームズでも、あの〈APON（アポオン）〉と〈813〉の意味は、わからなかったんですよ。」

「ショームズは、どうした？」

「ケッセルバッハ氏の、ドイツにある自宅に向かいました。そこで、手がかりを見つけようとしているみたいです。」

そう、ドードビルが教えると、ルパンは声を上げてわらいました。

「はははははは。そうか、やっぱりな。あのひみつは、そうかんたんに解けるはずがない。ショームズでも無理さ。このぼくでなくては！」

「じゃあ、すぐにでも脱獄ですね、親分。この見はりはきびしいので、準備に三、四日かかりますが」

「いいや、かんたんさ。あと一日で、ぼくはここを出られるぞ。」

「なぜです？」

刑務所に入る前の日に、ぼくはある、えらい人へ手紙を出しておいたんだ。きっとその人が、ショームズをよんだのだと思う。

だが、ショームズがなぞ解きに失敗したとなると、たよれるのは、ぼくしかいない。

9 刑務所のルパン

つまり、そのえらい人が、今日か明日にでもここへ来て、ぼくを刑務所から出してくれるだろう——。」

ルパンは、自信たっぷりといったようすで、にやりとしました。

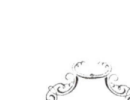

身分の高い男性

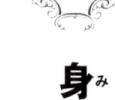

その日の夕方、ルパンがいったとおりのことが起きました。二人の紳士が、ルパンをたずねてきたのです。

そのうちの一人は、きわめて身分の高い人だとわかる、とくべつな空気につつまれていました。モノクルをつけて、黒い大きな口ひげを生やし、高級そうなマントを着ていました。

もう一人は、こわい顔をした、中年の軍人でした。

「──おまえが、ルパンだな。わたしがだれか、わかるか。」

身分の高い紳士は、ルパンが入っている独房の前に立ち、鉄格子ごし

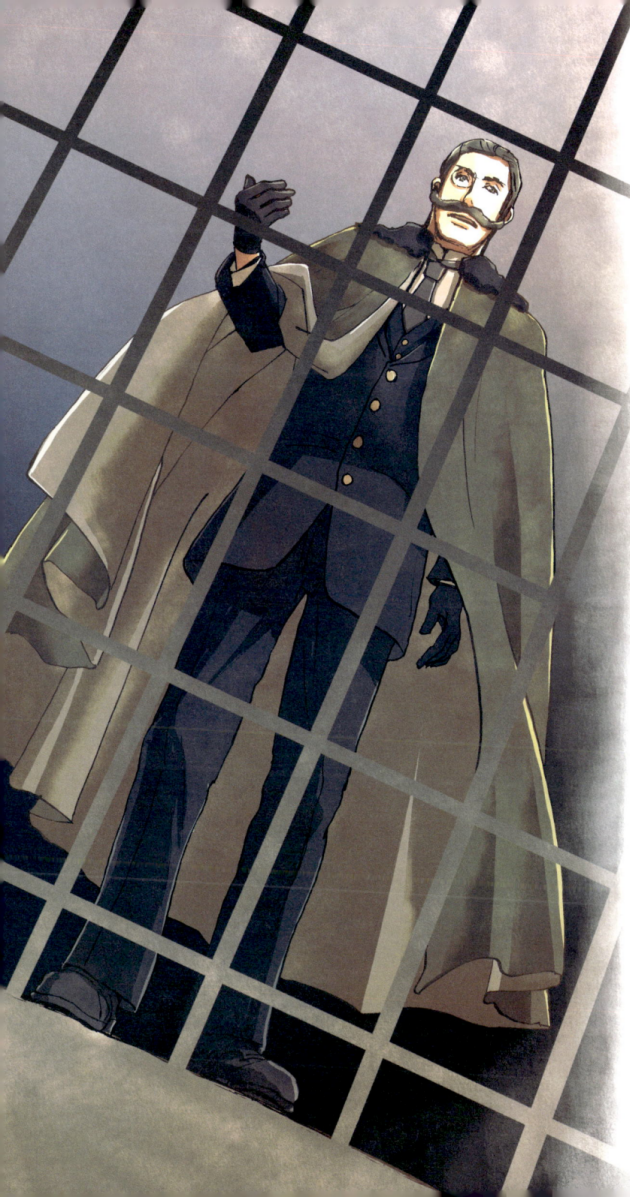

ルパンは、深く、おじぎをしました。

「はい、*1陛下。しょうちしております。ドイツの*2カイゼル皇帝——。」

「わたしの名は、口にしてはならん。」

「はい。」

「では、わたしが何をしに来たかも、わかっているわけだな。」

「ぼくを、この刑務所から出して、ベルデンの古城へ、つれていってくださるのでしょう。」

「そうだ。すでに、フランスの首相と、パリ警視庁の警視総監にたのんであある。じきに、ゆるしが出るだろう。」

「ありがとうございます。」

「ルパン。おまえは、手紙で、ベルデンの古城にかくされたひみつを、

10 身分の高い男性

見つけだすことができると書いていたな。」

「ええ、それができるのは、ぼくしかいません。」

「だが、ハーロック・ショームズ探偵は、失敗したぞ。」

「かれには無理でも、ぼくにはできます。ぼくのほうが、かれよりも、

頭がよいですから。」

「ケッセルバッハや、わたしらがさがしている物が、どんなたいへんな

物か、おまえは気づいているのだな。」

「だいたいの想像は、ついています。まず、世の中に公開されれば、ド

イツとまわりの国で大問題になり、ヨーロッパじゅうが戦争になるような物であること。それから、ピエールという青年は、カイゼル皇帝と血のつながった——。」

*1 陛下……天皇や国王などをうやまったよび方。
*2 カイゼル皇帝……ドイツ皇帝のよび名。日本では、とくにウィルヘルム2世（一八五九〜一九四一年）を指すことが多い。

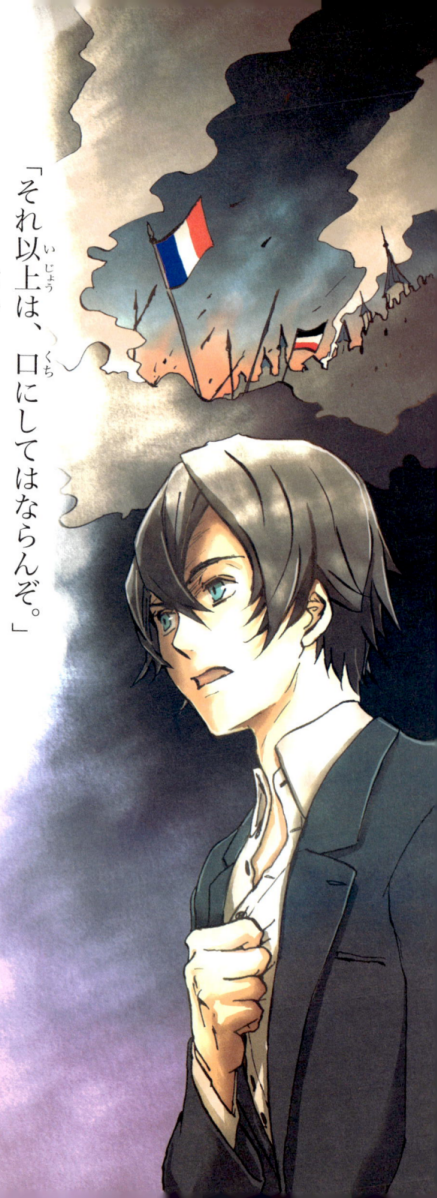

10　身分の高い男性

「いいえ、そんなことはしません。ぼくは、なぞ解きや、冒険がすきなのです。正直にいうと、元々は、このひみつを解いて、一国にもなるような広い領地を手に入れようと考えていました。ですが、今は、陛下のお役に立とうと考えております。」

「なぜだ。」

「それが、フランスの平和にかかわる物であり、また、陛下にとって大切な物だとわかったからです。ぼくを自由にしてくださるお礼として、見つけだした物は、すべて、陛下におわたししましょう。その代わり、どうか、ドイツ警察やフランス警察……、とくにガニマール警部やシャームズ探偵が、ぼくを追わないようにしてください。かれらにじゃまされると、なぞ解きに集中できなくなりますから。」

*領地…自分のものとして持っていて、支配する土地。

「よろしい。ルパン、おまえを完全に自由にしてやろう。すぐにでも、わたしのさがす物を見つけて、わたしを安心させてくれ。」

「はい。どうか、ぼくを信じてください。」

力強くいうと、ルパンは、刑務所から出るためのしたくを始めたので

した。

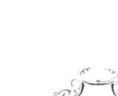 ベルデン村の古城

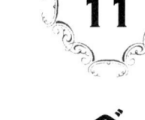

「──いいか、ルパン。ぜったいに、にげるなよ。にげても、すぐにつかまえるからな。」

この数時間で、ワルデマール隊長がこういうのは、もう何回目でしょうか。ドイツの西部にあるベルデン村に着いたとき、またも、ねんをおしたワルデマール隊長は、きのう、ドイツの皇帝の後ろにいた人物です。

ルパンは、くすりとわらいました。

「にげませんよ。ベルデン村の古城にかくされたひみつを、この手で、あばくまではね。」

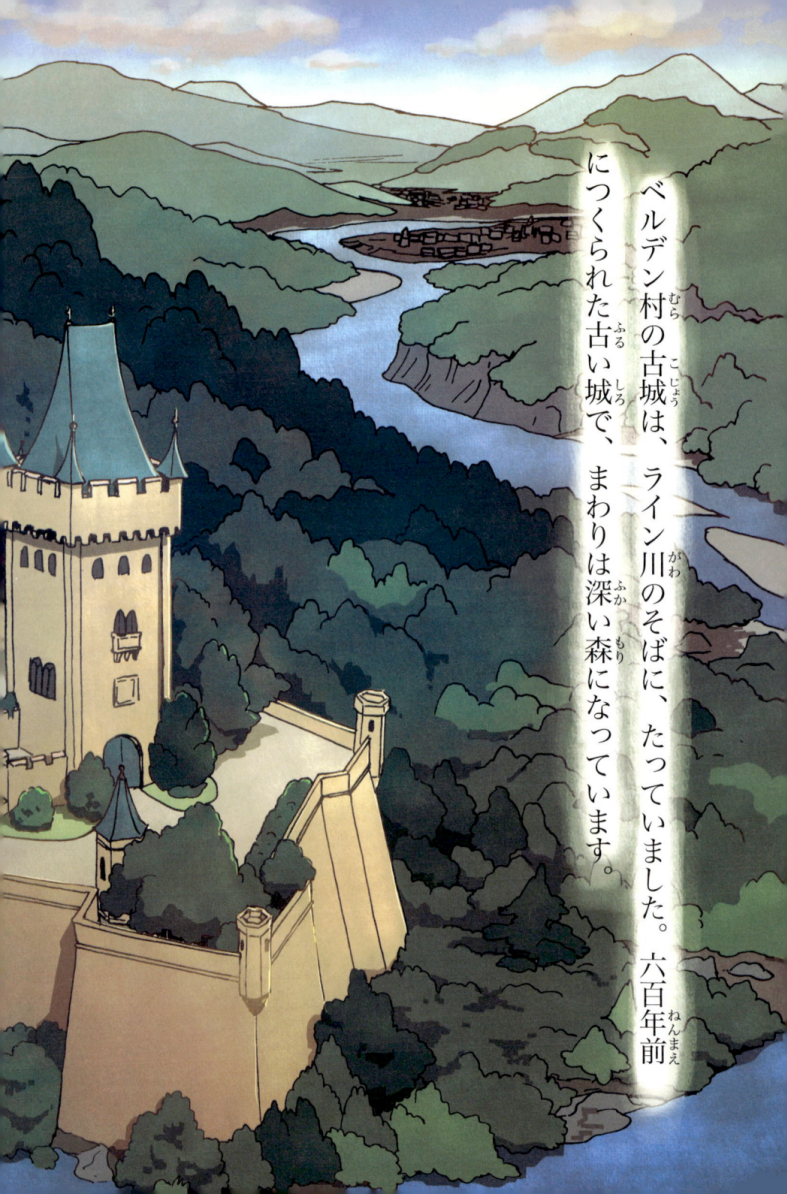

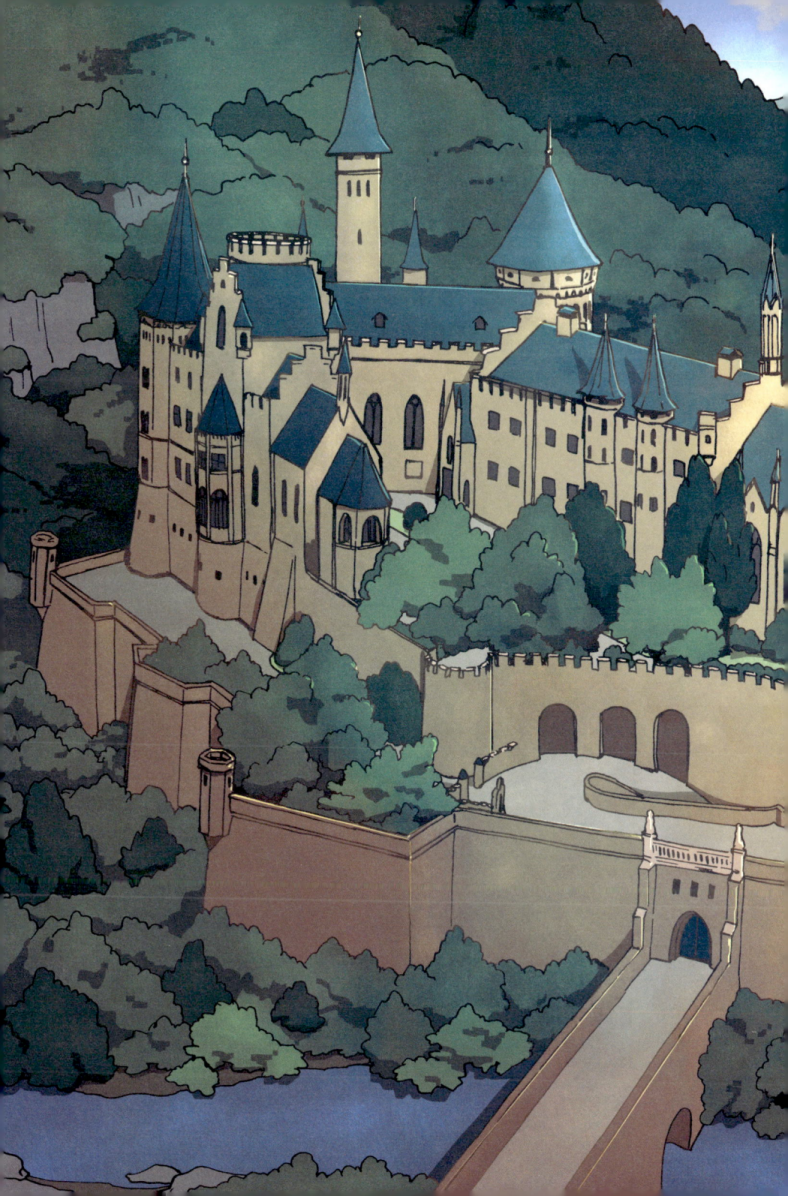

「皇帝より、おまえにあたえられた時間は、あさっての昼までだ。それまでにひみつを解いて、大事な物を見つけるんだ。そうでないと、おまえはサンテ刑務所にぎやくもどりだからな、ルパン。」

車が大きな門をくぐって庭を進み、げんかん前に行くと、そこに、四人の人物が立っていました。

一人は、ケッセルバッハ氏の未亡人、ドロレスで、そのとなりは、秘書のチャップマンです。ドロレスは、かわらずかがやくような美しさをはなっています。少しはなれて、白い髪の老人と、かれと手をつないでいる、十二歳くらいの女の子がいます。

「おむかえ、ありがとうございます、ケッセルバッハ夫人。」

ルパンがていねいにいうと、かのじょは、ふしぎそうな目で、かれの

11　ベルデン村の古城　

顔を見つめました。

「——おどろきました。あなたは、あのルノルマン刑事部長と、まったくの別人ですわ。顔も、すがたも、何もかもがっています。」

「ええ、今のぼくは、ロシアの*公爵になりきっているのです。」

「ほんとうに、あなたは、主人を殺していないのですか。」

ドロレスは、まだ、ルパンのことが信じられないようにいいます。

「ぼくは、ケッセルバッハ氏をおどかしただけです。ぼくが犯人なら、秘書のチャップマンくんも、いっしょに殺していたはずですよ。そして、ぼくが、この城にかくされたひみつをあばいてみせましょう。」

て、ケッセルバッハ氏を殺した犯人を、かならずつかまえます。」

すると、横からワルデマール隊長が、いばっていいました。

*公爵……貴族の位の一つ。爵位を持つ身分で、もっとも上位。「公」ともいう。

「ふん。きさまみたいな、どろぼうふぜいに、できるものか。この城は　な、すでにハーロック・ショームズ探偵と、おれの部下たちとで、すみずみまでさがしたんだ。だが、何も見つからなかったぞ。」

ばかにされても、ルパンは気にしませんでした。

「それは、さがし方が悪かったのです。ショームズ探偵も、まちがった場所ばかり、見ていたのでしょうね。」

「だったら、さっさと、ひみつをあばいてみろ。」

「まあ、あわてないで。ぼくは、のどがかわきました。おいしい飲み物をくれませんか。長旅だったので、あさっての昼まで、たっぷり時間があります。それを飲みながら、なぞ解きを考えてみますから。」

にやりとわらって、ルパンは、さっさと城の中に入りました。

*ふぜい……ここでは、「〜のような者」　見下した意味。

12 ルパンの危機

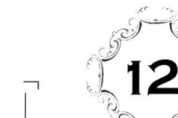

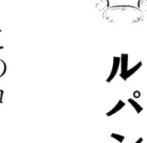

「──このコーヒーは、いいかおりですね。

つかれがとれますよ。」

ルパンは、いらいらしているワルデマール隊長を横目に、ゆっくりとくつろぎました。

それから、やっと立ちあがると、老人に案内をしてもらって、城の中を回りはじめました。女の子も、おどおどしながら、ついてきます。

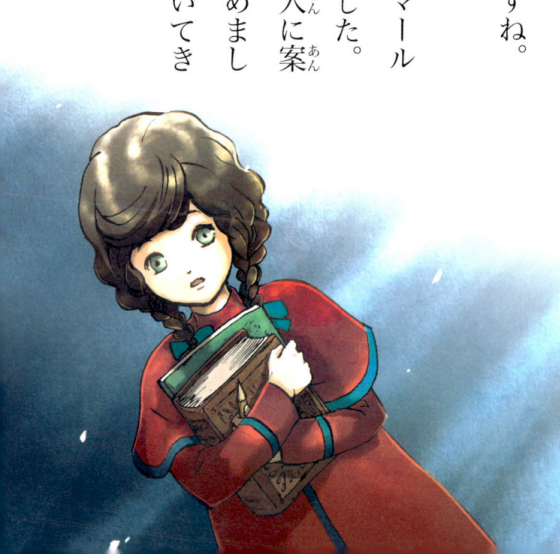

老人はエンゲルという名前で、この城の管理人、女の子は、かれのまごむすめのイジルダでした。イジルダは、引っこみじあんのようで、ルパンが声をかけても、はずかしがるばかりです。

かわ製の古い本と、ぼろぼろのノートと、短いえん筆を、むねに大切そうにだいて、持ちあるいているのでした。

広い城なので、三時間ほどかけて、一周しました。まわりおえたとき

には、もう、日がくれようとしていました。

「――さあ、どうだ、ルパン。何か、わかったのか。」

一階にある食堂で、村の料理人が用意した夕食をとりながら、ワルデマール隊長がたずねました。あいかわらず、えらそうにふんぞりかえっています。ドロレスとチャップマンがじっと見つめるなか、ルパンはワ

12　ルパンの危機　

インを飲み、のんびりとしたようすで答えました。

「そうですね。この城の客室は、どれも、ギリシャ神話の神様の名前がついていますが、ハーロック・ショームズ探偵が、いちばん時間をかけて、くわしく調べたのは、〈アポロン〉の部屋でしょう。」

「そうだ。どうして、わかった？」

「ケッセルバッハ氏のメモに書いてあった、あの、なぞの言葉からですよ。〈APOLLON〉は、この〈APOLLON〉の部屋のことです。だれかが古い物なので、真ん中の〈LL〉の字がぬけてしまったか、何かにこすれて、文字がそこだけ消えてしまったのでしょう。あわせて書いて、

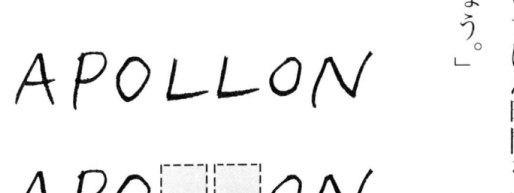

*アポロン…ギリシャ神話の十二の神の一人で、太陽や医術・音楽などを支配する。

ショームズ探偵だって、そう考えたはずです。こんなのは、初歩の推理です、ワルデマール隊長。

「うむ……。では、〈８１３〉というのは？」

「それは、〈アポロン〉の部屋を調べたら、わかるでしょうね。」

すると、ワルデマール隊長が、意地悪くわらいました。

「だがな、ルパン。ショームズ探偵が、〈アポロン〉の部屋を、すみずみまで調べたが、何も見つけられなかったのだぞ。」

「ふふふ。ぼくは、どろぼうですよ。さがし物は得意ですからね――。」

そこまでいったとき、ルパンの手から、ワイングラスがすべりおちました。

「……う、うう。」

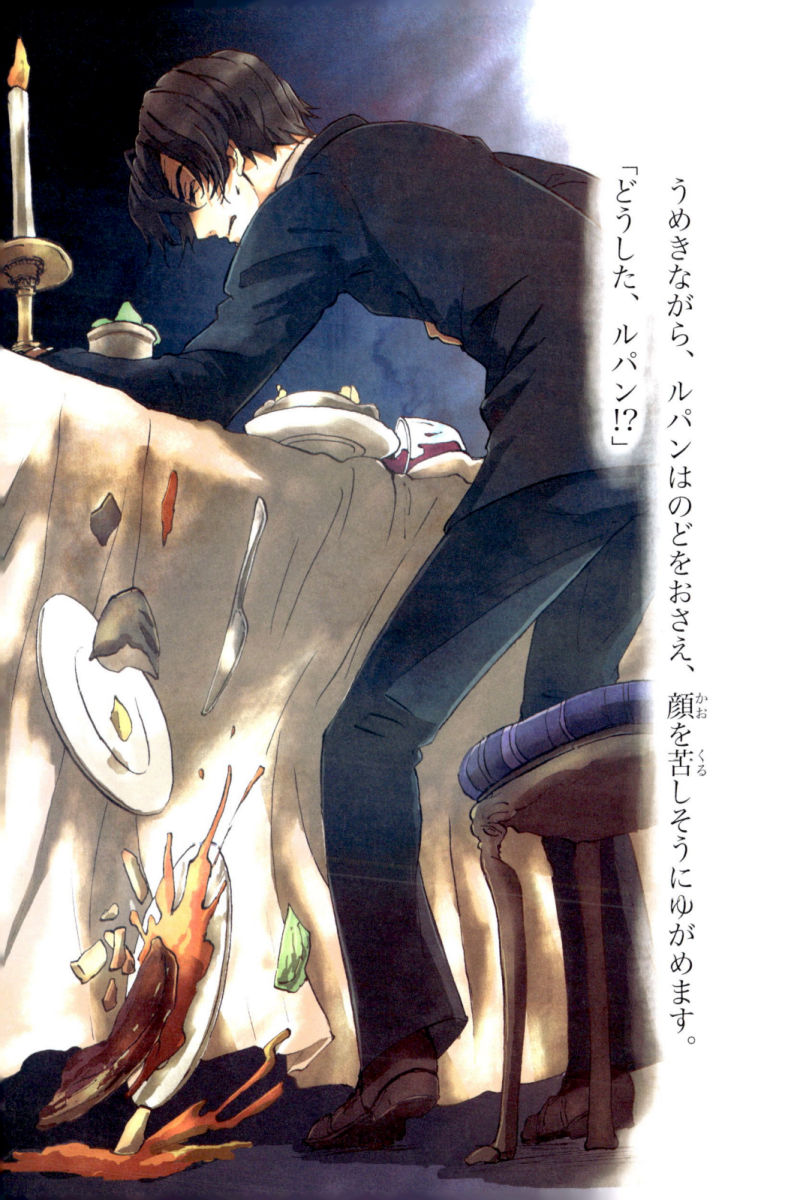

ワルデマール隊長は大声を出し、立ちあがりました。

ドロレスとチャップマンは、おどろきのあまり、こおりついています。

「うっ……くそ……ど、毒だ……ケッセルバッハを殺した……黒マントの男のしわざだ……。」

さすがのルパンも、毒には勝てず、それだけいうのがやっとでした。

そのままかれは、テーブルの上に、たおれこんでしまったのです。

13 Nの文字

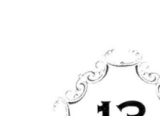

Nの文字

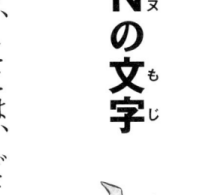

「……うう、ここは、どこですか。」

ルパンは、やっとのことで、声を出しました。

体じゅうが重く、胃のあたりがいたみます。苦しくて、目を開けられません。頭の中で、黒いうずが、ぐるぐると回っていました。

「ベルデン村の古城だ。きさまは、ワインにしこまれた猛毒にやられたんだ。村の医者にみてもらったが、ふつうなら、死ぬほどのおそろしい毒だそうだ。」

という声の主は、ワルデマール隊長でした。

ルパンは、ベッドにねかせられていました。高熱で顔が赤く、全身がこきざみにふるえています。

「……ぼくは、いつも、用心して、毒消しを飲んでいます。だから、助かったのでしよう……。上着の内ポケットに、その薬が入っていますから、取ってください。銀製の小さなケースです。」

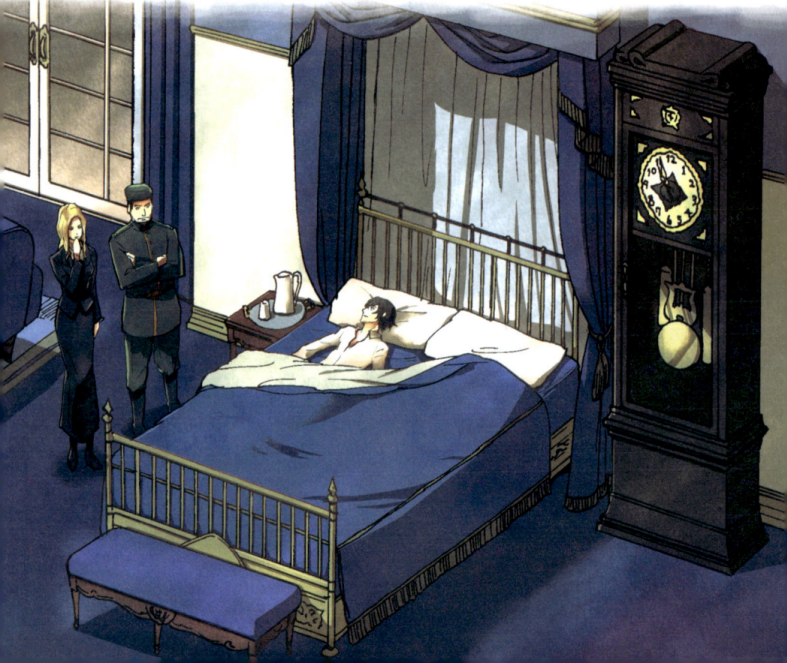

13　Nの文字

ワルデマール隊長は、いわれたとおりにしました。ルパンは、ケースの中から、ふるえる指で黒い薬を二つぶ取りだして、飲みこみました。それから、ワルデマール隊長にたずねました。

「……あれから、どのくらい……時間がたちましたか。」

「……城に来て、三日目。もうすぐ午前十一時だ。陛下との約束まで、あと一時間ほどしかないぞ。」

「……そんなに、時間がたって……こうしては、いられない。……黒マントの男が、この城のどこかにいる……そいつが、先に、ひみつをあばいてしまう。」

「ふん。もう、おまえには無理だ、ルパン。あきらめろ。歩けるようになったら、すぐに、おまえを刑務所にもどしてやる。皇帝の命令で、

*毒消し……ここでは、毒の作用を消す薬のこと。

たくさんの兵士をよんだから、犯人はすぐにつかまるさ。」

ワルデマール隊長は、ばかにしたようにいいました。

「……いいえ、黒マントの男は、おそろしい強敵だ。ぼくが、最後まで、やります。」

ルパンは、苦しいのか、あえぎながらそういうと、目をつぶりました。

顔じゅうに、玉のようなあぶらあせがういています。

少しして、ルパンは、うっすらと、目を開けました。

「ぼくを、運んでください。二階の部屋に……。」

「どこへ？」

「……大階段を上がって、十二番目の部屋、です……。」

ワルデマール隊長は、どうしようかと考えました。約束の時間まで少

13 Nの文字

しありますが、どろぼうのいうことを聞くのは、気分がよくありません。すると、横で心配そうに見ていたドロレスが、か細い声でいいました。

「隊長さん。ルパンさんに、やらせてあげてください。わたしも、亡くなった主人がさがしていた物や、主人を殺した犯人を見つけだしたいですわ。ごいっしょしても、よろしいですか。」

「しかたがない。だが、じゃまはしないように——。」

ワルデマール隊長は部下に命じ、ぐったりしたルパンをいすにすわらせ、そのいすごと、二階へ運びました。

「——おい、ルパン。十二番目の部屋に着いたぞ。」

いすを下ろすと、うつむいたルパンのかたを、ワルデマール隊長がゆすぶりました。

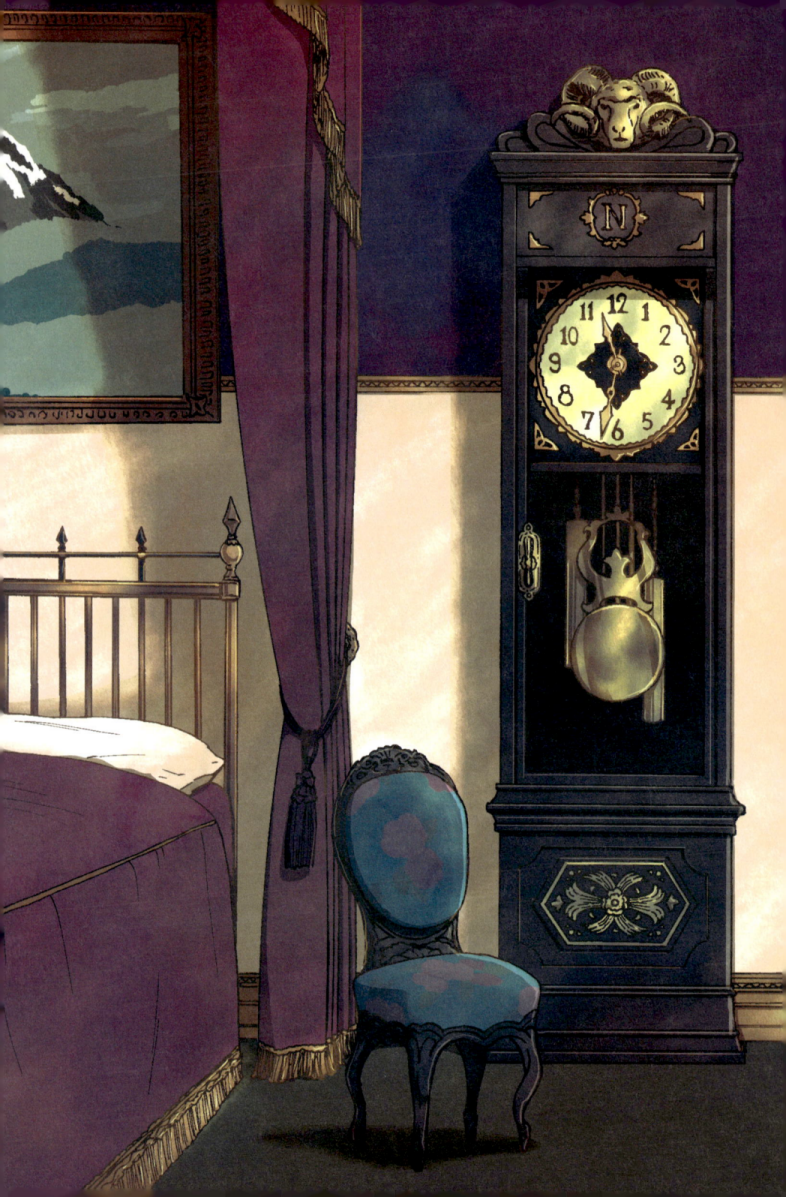

13 Nの文字

ルパンは、ぼんやりと目を開けました。

「……ここは、〈アポロン〉の部屋ですよね。」

「ちがう。〈アテナ〉の部屋だ。」

「えっ、〈アポロン〉の部屋ではない？」

ルパンはびっくりしたように、見回しました。

いたむようで、けわしい顔です。

頭も体も、あちこちが

「……どうして、そんなまちがいが……。それに、大時計の上にも、だ

んろの上にも、大きな金の〈N〉の文字がある。〈ATHENA〉なら、

頭文字は、〈A〉なのに……。

……813は、何をしめているか。ああ、いつもなら、こんな問

題は五分で解けるのに、毒のせいで、頭がうまくはたらかない……。」

ぶつぶつとつぶやくルパンを、ワルデマール隊長もドロレスも、じっと見守りました。

すると、そのときでした。

ろう下が、がやがやとさわがしくなりました。

「陛下！」

ワルデマール隊長がぴんと背すじをのばし、敬礼しました。

ドイツのカイゼル皇帝が、三人の家来を引きつれて、部屋に入ってきたのです。

「どうだ、ワルデマール隊長。ルパンは、れいの物を見つけたか。」

「それが——。」

と、ワルデマール隊長は、これまでの出来事を話しました。

13 Nの文字

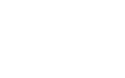

カイゼル皇帝は、ぐったりしているルパンを、つめたい目で見下ろしました。

「やはり、どろぼうなどにたのんだのが、まちがいだった。こいつは悪人で、しかも、うそつきなのだ。ケッセルバッハ氏を殺したのも、こいつだろう。ワルデマール隊長、ルパンを刑務所へつれていけ。」

それを聞いて、ルパンが必死に顔を上げました。

「……待ってください、陛下。約束の時間まで……もう少しで、なぞが解けます。ぼくなら、さっさと、わたしのさがし物を、見つけだすんだ。」

「……だいじょうぶ。少し、遠回りしただけです。……ここは〈アポロン〉の部屋ではなくて、〈アテナ〉の部屋だから……。」

「……だったら、さっさと、きっと……」

*敬礼……ここでは、うやまう気持ちをこめて、右手を高く上げること。

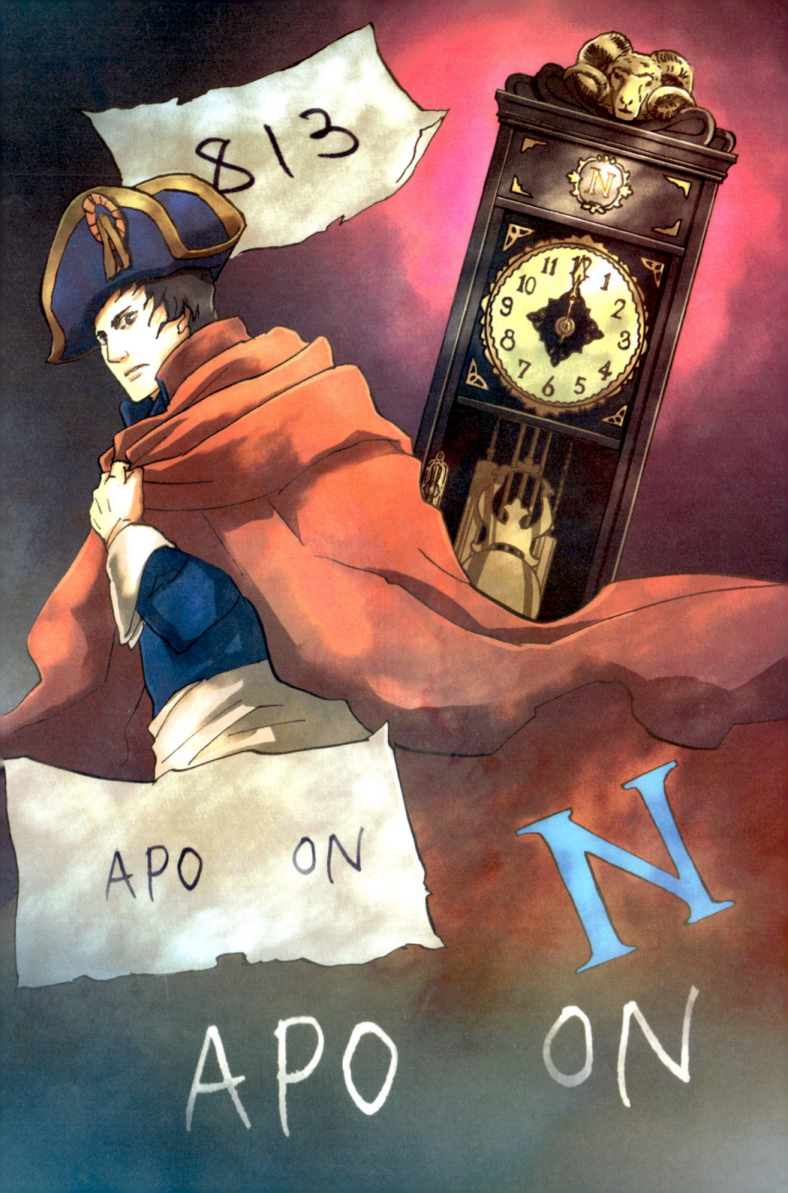

13 Nの文字

そういいながら、意識をはっきりさせるように、ルパンは何度か頭をふりました。

「……陛下。もしかして、ここは、その昔、ナポレオン皇帝が、この城を落としたあとに、とまった部屋ではありませんか。」

ドイツの皇帝は、深くうなずきました。

「ああ、そうだ。それで記念に、時計の上やかべに、金で〈N〉の文字が、はめこんであるのだ。」

「……このあたりの土地をおさめていた、陛下の近い親せき、大公ヘルマン三世も、この部屋を使われていましたね。」

「うむ。この古城は、かれの別荘のようなものだからな。すぐそこに、答えはある……。」

「……もう、ちょっとだ。

そういうと、ルパンは目をつぶり、ねむったように動かなくなりました。

「おい、ルパン。もう、時間がないぞ。あと十分だ！」

ワルデマール隊長は、いらいらした声でいいました。

ルパンも、その場にいるだれもが

無言のまま、時間だけがすぎていきます。

……一分、二分、三分、……五分。

とつぜんルパンがゆっくり顔を上げて、かべの前に立っているふりこ時計を見ました。高さが大人の背と同じくらいある、大きな時計です。

「ワルデマール隊長、……約束まで、のこりの時間は？」

「十二時まで、あと一分だ、ルパン。」

ワルデマール隊長は、きびしい声で答えました。

13 Nの文字

「そう。時間が……大事……。」

「三十秒――あと十秒――五秒――三秒――。」

ルパンが、かっと目を見開きました。

「ワルデマール隊長、大時計の前に立ってください。急いで！」

ルパンのあまりのはくりょくに負けて、ワルデマール隊長は、急いで、大時計のところへかけよりました。

*ふりこ時計…ふりこのゆれる動きを利用して、針を一定の速さで動くようにした時計。

813のひみつ

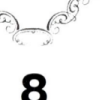

十二時になり、長針と短針が上で重なり、大時計がぼーん、ぼーんと鳴りだしました。

ルパンは、いすにすわったまま、時計の文字盤を見つめています。

*時報が鳴りおわりましたが、何も起きません。

「ルパン、どうすればいいんだ。」

ワルデマール隊長は、時計の前にあったいすをどけて、文字盤とびらを開けました。

この入ったガラスとびらを開けました。

「ワルデマール隊長。文字盤の数字のところを、指で強くおしてみてく

ださい。8、1、3のじゅんです。ほら、それぞれの数字が、少し出っぱっていて、おすと、スイッチのように引っこむでしょう。」

「ああ。」

「そうしたら、時計の針を回して、もう一度、十二時になるようにしてください。めんどうですが、針を時計回りに進めて——。」

ワルデマール隊長は、ルパンの言葉に、したがいました。

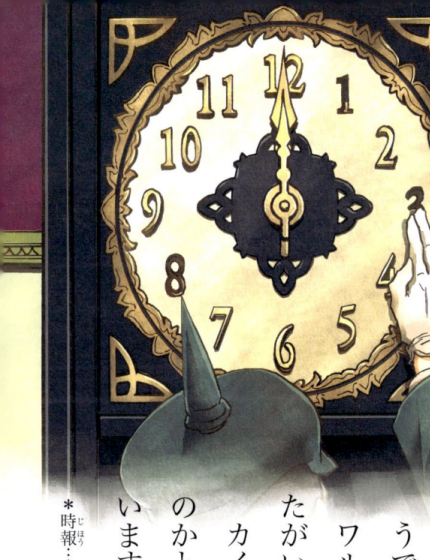

カイゼル皇帝も、ドロレスも、何が起こるのかと、息をのんで、そのようすを見守っています。

*時報……正しい時こくを知らせる音。

長針と短針が、ふたたび文字盤の十二時のところで重なり、ボーン、ボーンと、大きく鳴りひびきました。

そして、十二回、鳴ったときでした。

ガチャン！

音を立てると、針がぴたりと止まり、ふりこも動かなくなったのです。

「おおっ。」

声を上げたのは、カイゼル皇帝でした。

大時計のいちばん上にある、羊のかざりがカタンと音を立てて、前に

たおれたではありませんか。

その後ろには、小さな、四角いくぼみがありました。

「うむ。こんなしかけがあったとは――。」

14 813のひみつ

と、カイゼル皇帝は、目を丸くしました。

「くぼみの中にある物を、取りだしてください。それこそが、陛下が、のどから手が出るほど、ほしがっている物ですよ。」

ルパンがいいおわる前に、ワルデマール隊長が手をのばしていました。

そして、中にあった物をつかみました。

それは、古い、かわ表紙の本のようでした。

「まあ、それはなんですの!?」

入り口の近くにいたドロレスが、声を上げました。

ですが、ワルデマール隊長は返事をせず、部下に命じて、かのじょをろう下においだしてしまいました。

ドアのしまった部屋の中には、ルパン、カイゼル皇帝、ワルデマール

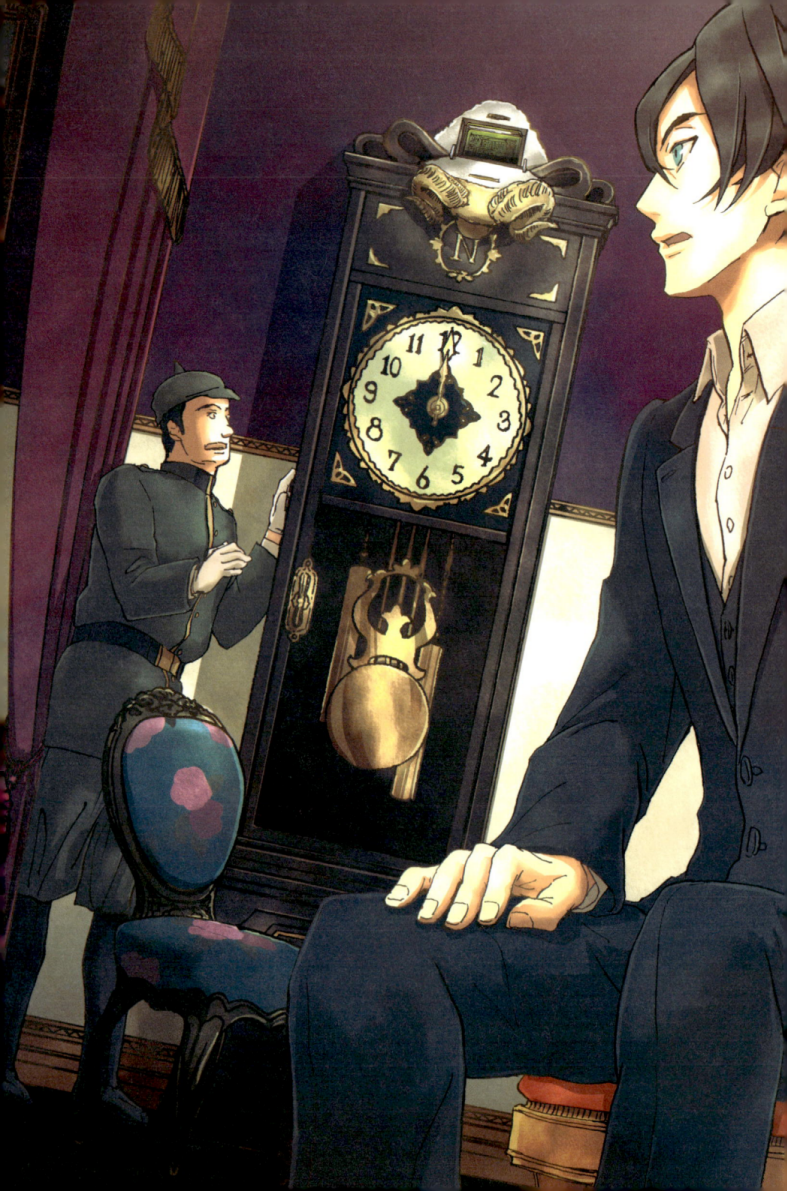

14 813のひみつ

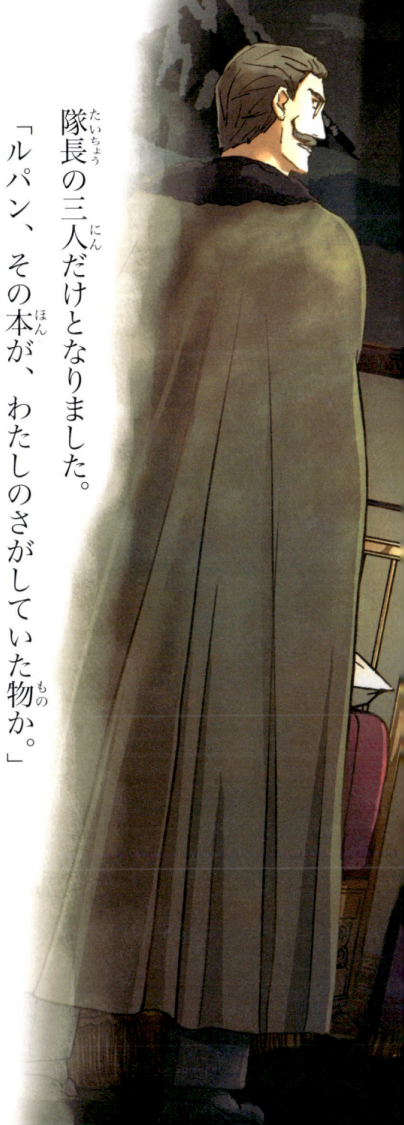

隊長の三人だけとなりました。

「ルパン、その本が、わたしのさがしていた物か。」

と、カイゼル皇帝が、ひくい声でたずねました。

ワルデマール隊長は、本の表紙を開きました。

ルパンはしずかに、話しはじめました。

「ええ。そうです、つまり、陛下の親せきのヘルマン三世が、この城で書いた日記ですね。病気で亡くなる前に、その大時計の中にこっそり

しまいこみ、*1側近の者だけに〈８１３〉などの暗号をつたえたわけです。

そして、その日記には、ドイツが昔からもくろんでいた*2外交やら、*3条約やらが書いてあります。今、それが世の中に出れば、フランスもイギリスもだまっていません。ヨーロッパで、大きな戦争が起きてしまうでしょう。」

ルパンの言葉を聞いて、カイゼル皇帝は、苦しそうにいいました。

「ああ……たいへんなことになる。それは、さけなければならん。」

「それから、この日記には、もう一つ、ヘルマン三世のただ一人の子ども、あとつぎの王子についても書いてあるでしょうね。その名は、ピエールといいます。

ヘルマン三世が、ピエールの母親とまだ正式に結婚していなかった

14　813のひみつ

ため、子どもが生まれたことは、陛下をふくめて数人しか知りません。

世間に対しては、ひみつにされていたことです。

ヘルマン三世がここで亡くなったとき、城にはナポレオンがひきいるフランス軍がせめてきて、城にいた人たちは、ほとんど亡くなりました。うわさによると、ヘルマン三世の赤んぼうは、*1乳母がだいて、ひみつの地下道から外へにげたそうです。

具合がよくなってきたらしく、ルパンは話をつづけました。

「待て。ピエール王子は生きていたわけか。」

カイゼル皇帝は、重々しくいいました。

「ええ、そこで、殺されたケッセルバッハ氏のことになります。かれは、*1側近の元側近から、この日記のあずいぶん大金をはたいて、ヘルマン三世の元側近から、この日記のあ

*1 側近……身分の高い人などのそばに仕えること。また、その人。　*2 外交……外国とのつきあいや、話し合い。

*3 条約……国と国との間の法律的な約束。　*4 乳母……母親に代わって、子どもに乳を飲ませて育てる女の人。

りかをしめす暗号と、ピエール王子の情報を買いとりました。あのダイヤモンド王は、この日記とピエール王子――つまり、ヘルマン四世――を見つけて手なずけ、広い領地を手に入れようと考えたわけです。」

「……ピエール王子は、見つかったのか。どこにいるのか、だれも知りません。ケッセルバッハ氏が亡くなってしまったので、かれの調べがどこまで進んでいたか、それも、わかりません。」

と、ルパンはざんねんそうにいいました。

しかし、それはもちろん、うそでした。

（まあ、ピエールと思われる青年を、ぼくが、かくまっていますがね。

かれが、ほんとうに王子かどうかは、これからわかることですよ。）

と、心の中では、つぶやいていたのです。

「ルパン。おまえはどうして、その日記がこの部屋——〈アテナ〉の部屋——にあると思ったのだ。そして、時計のし

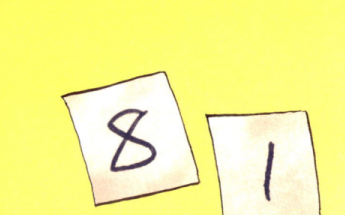

$$8 + 1 + 3 = 12$$

かけは、どうしてわかったんだ。」

ドイツの皇帝が、たずねました。

「じっくりと推理したのです。

まず、〈８１３〉という暗号を〈八百十三〉と読むのではなく、〈8、1、3〉と分けてみたらどうかと考えました。その三つの数字をたすと、〈12〉になります。

ですから、十一番目の部屋である、ここへつれてきてもらいました。部屋が十二以上あるのは、ここ二階ですからね。

昔、ナポレオン皇帝がとまった部屋だと知っていたら、もっと早く、なぞ解きができたんですが。

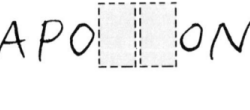

暗号の、〈APON〉というのは、〈NAPOLEON〉の部屋をしめしていたのです。長い年月の間に、かすれて消えたのでしょう。〈N〉〈L〉〈E〉の文字が、かすに、〈アポロン〉の部屋のことだと、かんちがいしていましたが。ぼくもはじめは、ショームズ探偵と同じよう

そして、この部屋だとわかれば、大時計があやしいとにらんだので

14 813のひみつ

す。からね。8、1、3、12という数字が全部あるのは、時計しかありません

ルパンは、自分の推理をじまんげに語りました。

ふと、ワルデマール隊長が日記を読みおえたようで、顔を上げました。

「──ルパン。たしかにこれは、ヘルマン三世の書いた物だ。だが、政治のことも、ピエール王子のことも、何一つ書いてないぞ。これは、ヘルマン三世が、この古城へ来る前の日記だ。」

「えっ!」

ルパンはおどろいて、目を見開きました。

「つまり、陛下のさがし物ではないぞ。」

ワルデマール隊長の声が、つめたく部屋にひびきました。

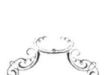

にげる怪人、追いかけるルパン

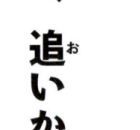

「おまえは、失敗したのだ。時間切れだぞ、ルパン。」

カイゼル皇帝の声が、ひびきます。

「いえ、見つけます。つづきの日記をさがしだします。」

ルパンは思いつめた顔でいいましたが、ワルデマール隊長は、鼻でわらうと、手錠を出して、ルパンの両手にはめました。そして、ナポレオンの部屋の外へと引っぱっていきます。そのようすを、ドロレスが心配そうに見つめていました。

さすがのルパンも、真っ青でした。

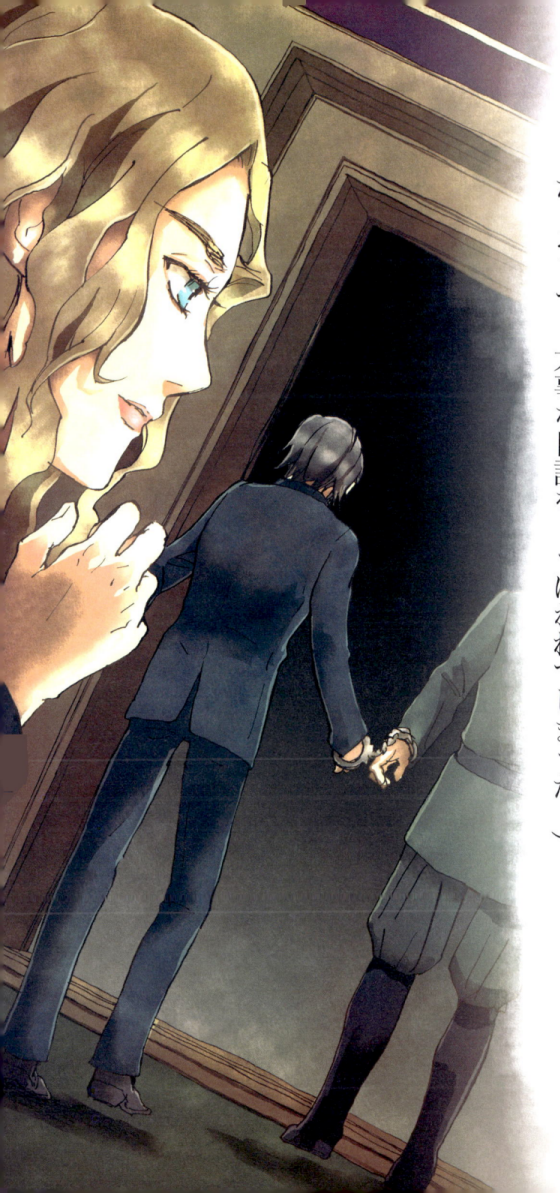

（―あ、あいつだ。黒マントの男に、先をこされた。ケッセルバッハ氏を殺し、ぼくに毒を飲ませた殺人鬼は、やはりこの城の中にいるのだ。そして、大事な日記を、うばわれてしまった！）

ワルデマール隊長は、ルパンを空いている部屋にとじこめ、ドアにかぎをかけました。

毒が回り、体の具合が悪いせいでしょうか。ルパンは、そのままおとなしく、ベッドにたおれこみました。

──二時間後。ルパンは、目をさましました。熱があるのか、顔も赤らんでいますが、歯を食いしばって、なんとか立ちあがります。これも日ごろ、体を、しっかりきたえておいたおかげでしょう。

（黒マントの男め。ぜったいに、つかまえてやるぞ！）

ルパンは、あらためて心にちかうと、部屋のすみに落ちていた針金の切れはしを使って、手錠を、あっという間にはずしました。

15 にげる怪人、追いかけるルパン

ルパンは、ドアの外の見はりに気づかれないように、しずかにまどを開け、外に出ました。そこは二階でしたが、かべの出っぱりを軽々とつたい、えだをのばした木にとびつき、地上に下りたのです。

（早いところ、イジルダを見つけなくては——。）

ルパンは、この二時間、ゆめうつつの中で、推理をつづけていました。

そして、もう一つの日記をだれが持っているか、気づいたのです。

それは——。

少女、イジルダにちがいありません。イジルダは、ノートやえん筆といっしょに、かわ製の本を持ちあるいていましたが、それは、時計のかくしあなから出てきた日記とそっくりだったのです。

それに、〈ナポレオン〉の部屋の、大きな時計の前には、いすがありました。

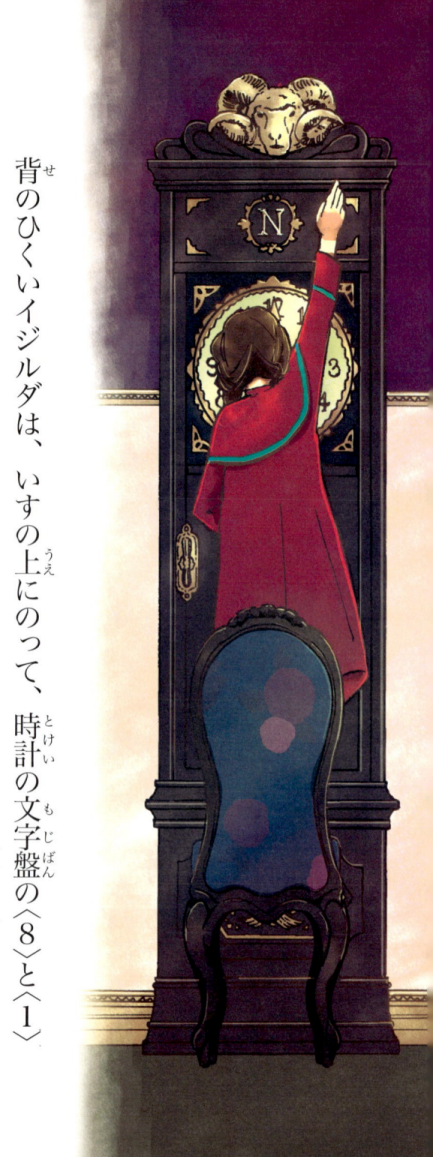

背のひくいイジルダは、いすの上にのって、時計の文字盤の〈8〉と〈1〉と〈3〉のスイッチをおし、かくしあなから、ヘルマン三世の日記を取ったのでしょう。

この城で生まれそだったイジルダは、ナポレオン皇帝やヘルマン三世が使った部屋のこと、日記や、813という暗号のことを、つたえきいていたのでしょう。かしこい少女は、時計のしかけに気づいたのです。

15 にげる怪人、追いかけるルパン

「あの子が日記を持っていたら、黒マントの男にねらわれる！」

ルパンはあせりながら、エンゲルとイジルダがくらす部屋をさがしました。それは、古城のおくにありました。

「しまった。おそかったか！」

ドアを開けたルパンは、小さくさけびました。

テーブルのわきに、エンゲルとイジルダが、たおれていたのです。

二人とも毒を飲まされたらしく、ゆかにコップが転がっていました。

かろうじて、息をしています。ルパンはあわてて、二人が飲んだ物をはかせて、それから、いつも持っている毒消しの薬を飲ませました。

「これで、助かればいいが……。」

ルパンは心配そうにいい、それから、まわりを見ました。

イジルダが持っていた、かわ製の本は、どこにもありません。ぼろぼろのノートとえん筆だけが、少女がたおれていたそばに落ちていました。

「まても、黒マントの男に先をこされてしまった。日記をうばうために、なんの罪もない二人を殺そうとするとは、ほんとうにひどいやつだ。かわいそうに——。ぜったいに、かたきをうってやるからな！」

ルパンの目は、いかりにもえていました。すぐさま、ルパンは、城の中にいるカイゼル皇帝の部下たちに見つからないようにしながら、入り口へと急ぎました。外へ出たとき、門のほうで、車のエンジンの音がしました。

「もしや！」

ルパンは、そちらへ走りました。門から出ると、車が一台、森の中に

15 にげる怪人、追いかけるルパン

消えていくところでした。

「きっと、マントの男だ。」

ルパンは、門のかげにかくしてあったバイクに、とびつきました。からにげるときのために、部下のマルコに用意させておいたのです。

急いでエンジンをかけ、ものすごいいきおいで走りだしました。　城

「にがすものか！」

ルパンの乗るバイクは、すぐに車に追いつきました。ルパンに気づいたのか、車がスピードを上げました。ルパンも、バイクのアクセルをふかします。

森の中の曲がりくねった道で、たいへんな競争が始まりました。車もバイクも、土ぼこりを上げながら、猛スピードで走っていきます。

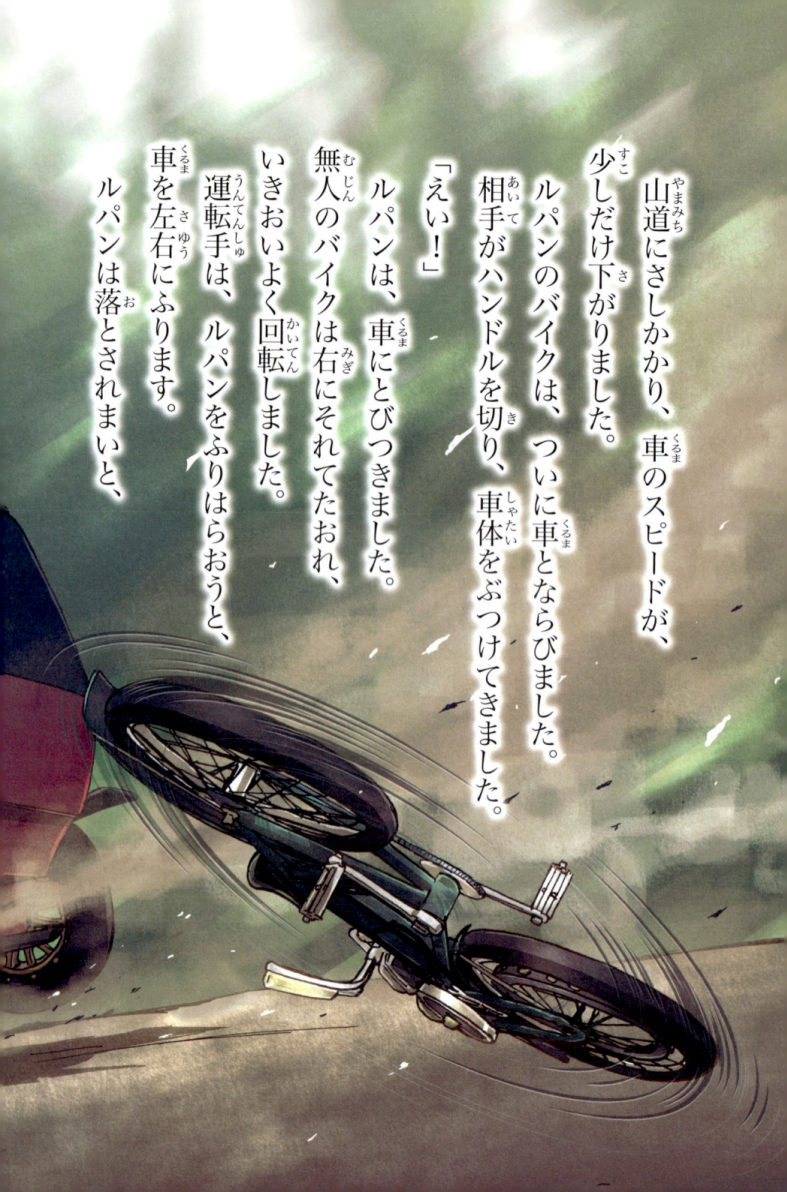

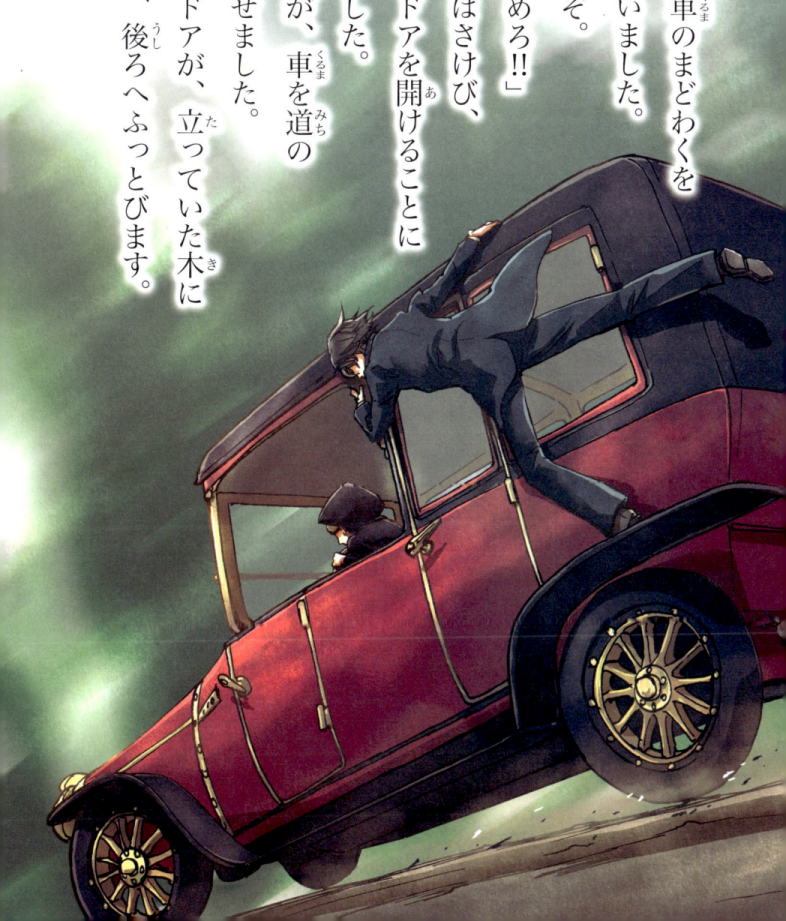

ですが、そのわずか前に、ルパンは車の中に入りこんでいました。

「こいつめ！」

ルパンは、運転手につかみかかりました。しかし、運転手は、かた手でハンドルをにぎり、もうかたほうの手で、ナイフをつきつけてきました。

ルパンは体をひねり、同時に、はっしとそのうでをつかみました。あと少しで、ナイフの刃が、むねにささるところでした。

運転手は何かさけび、ルパンの顔にかみつこうとしました。そのため、ハンドルから手がはなれ、ブレーキをふめず、車は次のカーブを曲がれませんでした。

「あぶない！」

15 にげる怪人、追いかけるルパン

さけんだルパンは、車の外に、自分の体を投げだしました。車は、いきおいがついたまま、そこにあった大きな岩に、はげしくぶつかったのでした！

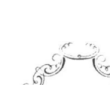

16　殺人鬼の正体

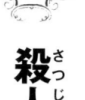

ルパンは、地面に背中を強く打ち、息がつまりました。そのまま、体は石ころのように転がり、しげみにつっこんで、やっと止まりました。

「負けるものか！」

ルパンは、全身に力をこめ、用心しながら、道路にはいでました。そして、ふらふらと立ちあがると、こわれた車まで近よりました。

「――ああ、なんということだ！」

運転席をのぞいたルパンは、息をのみました。

しょうとつのはげしさで、運転手が、ナイフをにぎったまま死んでい

16 殺人鬼の正体

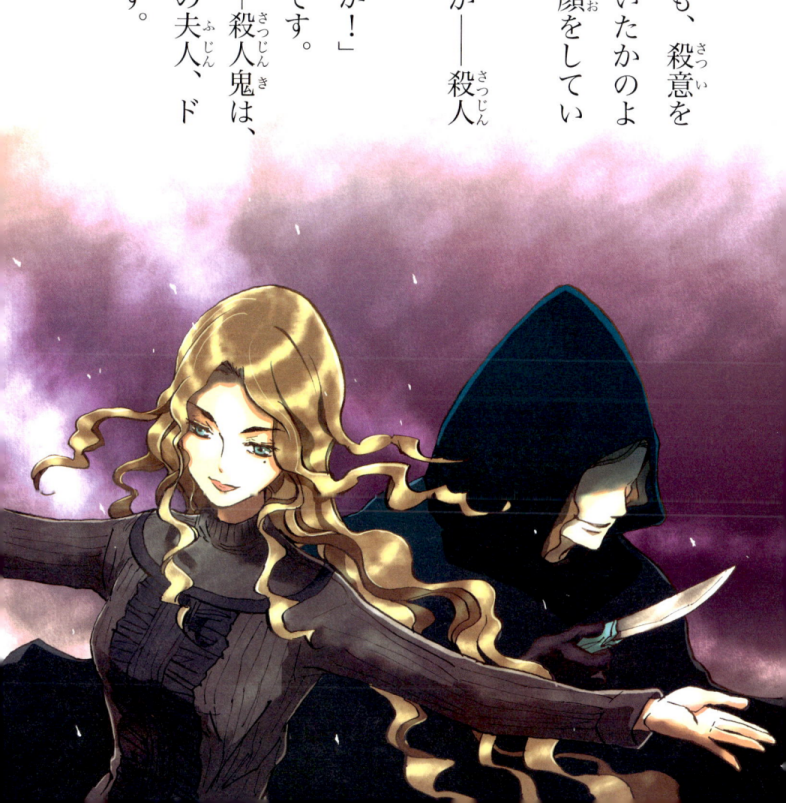

たのです。それでも、殺意を最後までのこしていたかのように、おそろしい顔をしていました。

「まさか、この人が──殺人鬼だったとは。

──ドロレスが！」

ああ、そうなのです。黒マントの男──殺人鬼は、ケッセルバッハ氏の夫人、ドロレスだったのです。

「なんという——おそろしい、悪女だろう。」

ドロレスは、夫を殺したあと、悲しみにくれるように見せながら、自分のじゃまをするルパンに、猛毒を飲ませたのです。さらに、ヘルマン三世の日記をうばうために、エンゲルやイジルダまで殺そうと、毒を飲ませたのでした。

さすがのルパンも、真犯人を目の前に、身ぶるいしました。

そういえば、黒マントの男を見たのは、ドロレスしかいません。ホテルで黒マントの男におそわれたという話は、かのじょの作り話だったのです。

「ルノルマン刑事部長をぼくの変装と見ぬいたのも、この悪女だ。一度しか会っていないのに、素顔に気づいた、ということか。なのに、ぼ

16 殺人鬼の正体

くのほうは、かのじょの正体に、さっきまで気づかなかった。」

ルパンはそうつぶやくと、日記をさがしはじめました。

イジルダが持ちあるいていた、あのかわ製の本は——ドロレスのコートの、大きなポケットの中にありました。

「ああ、この内容だ。ヘルマン三世の、もう一さつの日記だ。これでようやく、〈８１３〉の暗号にまつわる事件が終わる——。」

日記をぱらぱらとめくったルパンは、その日記を大事そうにだきしめて、しっかりと、歩きはじめたのでした……。

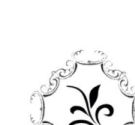

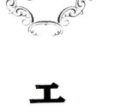

エピローグ

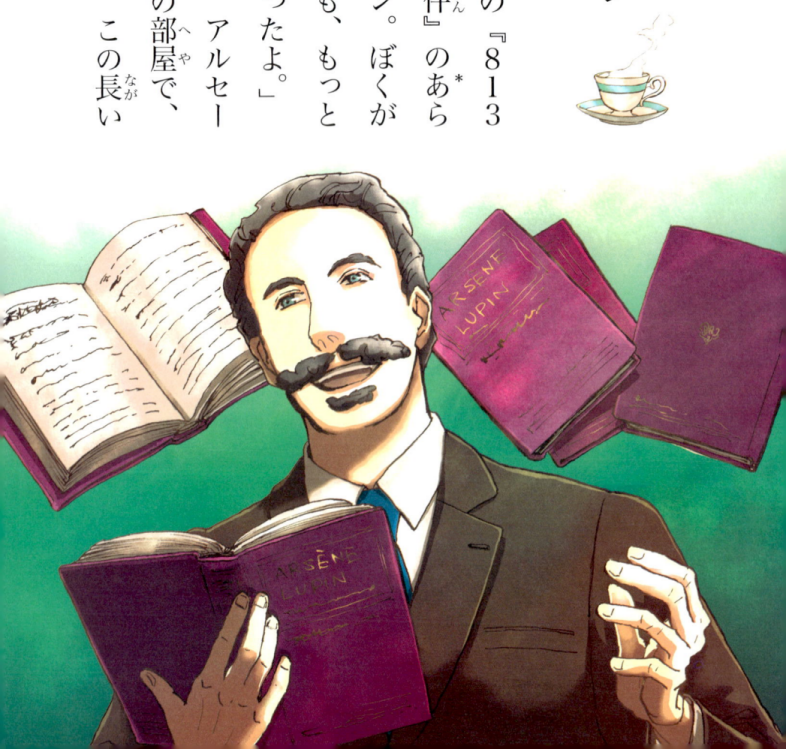

「──というのが、あの『８１３にかくされたなぞ事件』のあらましなのさ、ルブラン。ぼくが出会った事件の中でも、もっともおそろしいものだったよ。」

わたしの親友である、アルセーヌ・ルパンは、わたしの部屋で、コーヒーを飲みながら、この長い

エピローグ

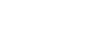

物語を語りおえたのでした。

わたし、モーリス・ルブランは小説家で、ルパンからかれの冒険談を聞いては、それを本にして発表してきました。今、聞いたばかりの事件も、いずれ世間に公表することになるでしょう。

「なぜ、ドロレスは、あんなひどいことをしたんだい。」

わたしは、ルパンにたずねました。

事件のあと、ぼくは、オランダにある、ドロレスが生まれそだった家を調べてみた。もうだれも住んでいなかったが、部屋の天じょうに、かのじょのおそろしい悪事を記録した日記が、かくしてあった。

ドロレスは、ケッセルバッハ氏と結婚する前にも、三人の人間を殺して、金を手に入れていた。

*あらまし……おおよその出来事。

ドロレスは、ダイヤモンド王と結婚して、金持ちになった。だが、それでも満足しなかった。あるとき、ケッセルバッハ氏の計画を知り、かのじょは、その計画をのっとることを考えた。その上、王子ピエールの妻となり、女王となることをゆめ見たわけさ。さらには、ヘルマン三世の日記をうばうために、管理人の老人や少女まで殺そうとしたんだ。ぼくの毒消しの薬で、一人は助かったけれど、

「ああ、それならよかった。しかし、自分の野望のために、ドロレスは、何人もの人を殺したというのか。」

エピローグ

わたしは、背すじが寒くなりました。

ルパンも、顔をしかめていました。

「血もなみだもない、まさに魔女だった。しかも、おそろしく頭がきれる女だった。このぼくもだまされて、あやうく命を落とすところだったからね。」

「それで、ピエール青年は、ドイツの王子になったのかい。」

「いいや、かれは、ほんとうは、ジェラール・ボーブレという名前の、別人だった。」

わたしがたずねると、ルパンは、ざんねんそうに首をふりました。

「どういうことだ？」

どこかで、赤んぼうが、すりかえられたのさ。ヘルマン三世の赤んぼうが、大それた望み。

*野望……能力に合わない、大きな望み。大それた望み。

うをだいてにげた、乳母のしわざじゃないかな。大事な公爵の赤んぼうを守るために、ほかの人の赤んぼうと交かんしたんだろう。

教会にのこっていた書類を調べてみたところ、すりかわった本物のピエール王子は、病気で亡くなっていた。このことを教えたら、カイゼル皇帝は、がっかりしていたよ。」

「ヘルマン三世の日記は、どうなった。きみが、今でも持っているのか、ルパン。」

「いいや、怪盗は、軽くほほえみながら、首をふりました。あのあとすぐに、カイゼル皇帝にわたしたさ。そうしたら、かれは中を読んでから、だんろに投げこんで、もやしてしまったよ。」

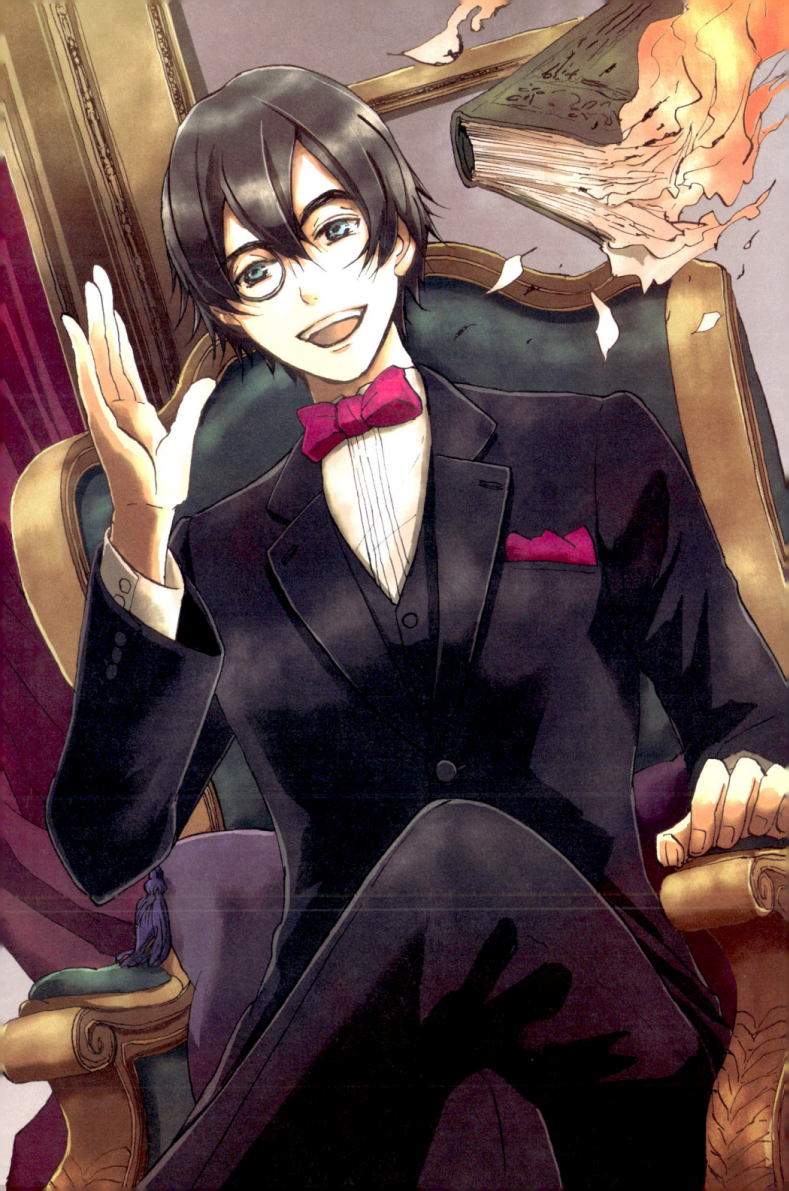

「なぜだい、日記を使って、カイゼル皇帝にこちらのほしい物をいえば、たいへんな富が手に入っただろうに。」

わたしは、ちょっと、もったいない気がしたのです。

ルパンは、かたをすくめました。

「サンテ刑務所、いやサンテ宮殿で、ドイツの皇帝と約束したからね。

ぼくの自由と引きかえに、あの日記を見つけだして、かれにわたすと。

サンテ刑務所、いやサンテ宮殿で、ドイツの皇帝と約束したからね。

きみだって、よく知っているじゃないか、ルブラン。怪盗アルセーヌ・ルパンは大どろぼうだが、紳士であり、そして生まれそだった、このフランスが大すきだ。

ぼくは、どんなときでも、約束だけは守る。日記がもえたことで、フランスがまきこまれそうな、大きな戦争をふせげたわけだからね。

エピローグ

何も、*1くいはないよ。」

「ルパン。今回のきみは、フランスの紳士として、じつにりっぱだよ。」

「*2メルシボクー。」

ルパンはさわやかに、そして、少してれくさそうにわらったのでした。

（おわり）

*1 くい…自分のしたことや、たりなかったことを、あとでざんねんに思うこと。

*2 メルシボクー…フランス語で「どうもありがとう」の意味。

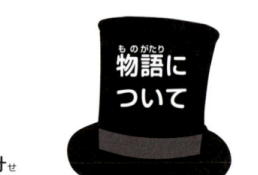

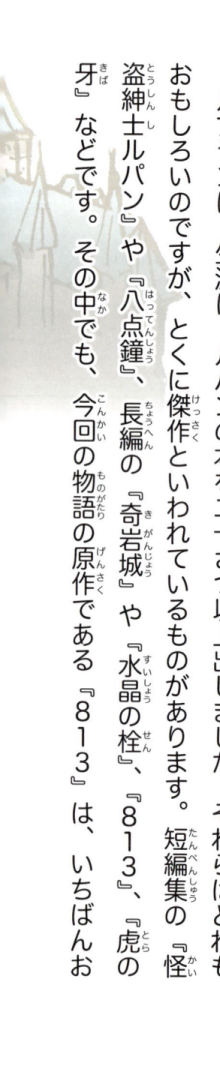

『８１３にかくされたなぞ』について

編者・二階堂黎人

世界一有名な怪盗アルセーヌ・ルパンの物語は、フランスの作家である、モーリス・ルブラン（一八六四年～一九四一年）という人が書きました。

ルブランが書いた、ルパンのさいしょの冒険は、一九〇五年に発表した『アルセーヌ・ルパンの逮捕』です。当時、ヨーロッパでは、コナン・ドイルという作家が書いた、名探偵シャーロック・ホームズの物語が大人気でしたが、ルパンの小説も、それに負けないくらい大評判となりました。

ルブランは、生涯に、ルパンの本を二十さつ以上出しました。それらはどれもおもしろいのですが、とくに傑作といわれているものがあります。短編集の『怪盗紳士ルパン』や『八点鐘』、長編の『奇岩城』や『水晶の栓』、『８１３』、『虎の牙』などです。その中でも、今回の物語の原作である『８１３』は、いちばんお

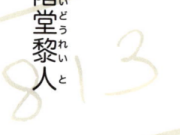

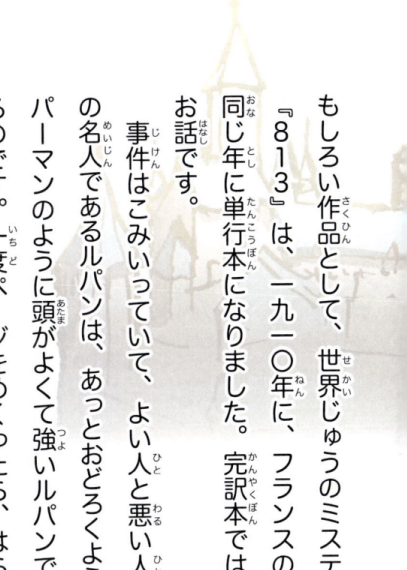

もしろい作品として、世界じゅうのミステリーファンがすすめているものです。

『813』は、一九一〇年に、フランスの新聞「ル・ジュルナル」に連さいされ、同じ年に単行本になりました。完訳本では、上下二さつに分けられるほど、長いお話です。

事件はこみいっていて、よい人と悪い人が入りみだれて登場し、しかも、変装の名人であるルパンは、あっとおどろくような人物に化けています。そして、スーパーマンのように頭がよくて強いルパンでさえ、殺人鬼の毒牙にやられそうになるのです。一度ページをめくったら、はらはらどきどきして、最後まで読むのをやめられない魅力があります。わたしはそれを、読者のみなさんが読みやすいように、一さつの本にまとめてみました。

ルパンのおもしろい本は、たくさんあります。この名作ミステリーシリーズはもちろん、いつか完訳本も読んでみて、なぞ解きやトリックをルパンといっしょに、じっくりと考えてみてください。

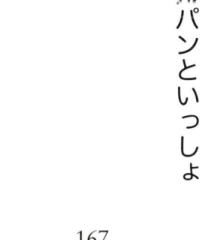

もっと もっと
お話を読みたい子に…

10歳までに読みたい世界名作 シリーズ

ここでも読める! ルパンのお話

怪盗 アルセーヌ・ルパン

大金持ちから盗みをはたらくが、弱い人は
助ける怪盗紳士、アルセーヌ・ルパン。
あざやかなトリックで、次々に世界中の人を
びっくりさせる事件を起こす!

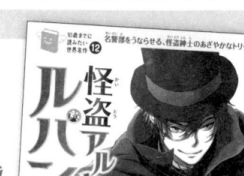

ISBN978-4-05-204190-7

Episode 01 怪盗ルパン対悪魔男爵

古城に住む男爵に届けられた、盗みの予告状。
差出人は、刑務所にいるはずのアルセーヌ・ル
パン! ろう屋の中のルパンが、どうやって美術
品を盗むというのか!?

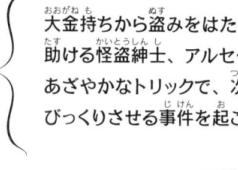

Episode 02 怪盗ルパンゆうゆう脱獄

「裁判には出ない」といいはなち、ろう屋からの脱走を
予告するルパン。そしてルパンの裁判の日、たくさん
の人の前にあらわれた男は、まったくの別人だった!?

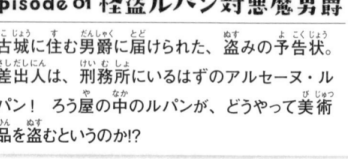

お話がよくわかる!
『物語ナビ』が大人気

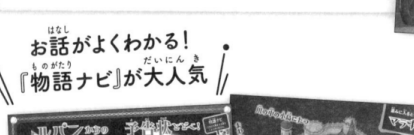

全2作品
＋
物語ナビ付き

カラーイラストで、
登場人物や
お話のことが、
すらすら頭に入ります。

こっちもおもしろい! ホームズのお話

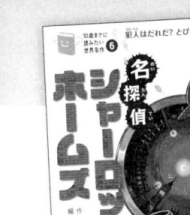

名探偵 シャーロック・ホームズ

世界一の名探偵ホームズが、とびぬけた推理力で、だれも解決できないおかしな事件にいどむ! くりだされるなぞ解きと、犯人との対決がスリル満点。

事件ファイル 事件File 01 まだらのひも

ホームズの部屋へ来た女の人が話した、おそろしい出来事。夜中の口笛、決して開かないまど、ふたごの姉が死ぬ前に口にした言葉「まだらのひも」とは何か……!?

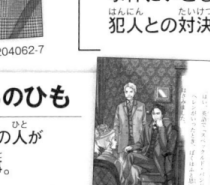

ほか全3作品を収録。

10歳までに読みたい世界名作シリーズ

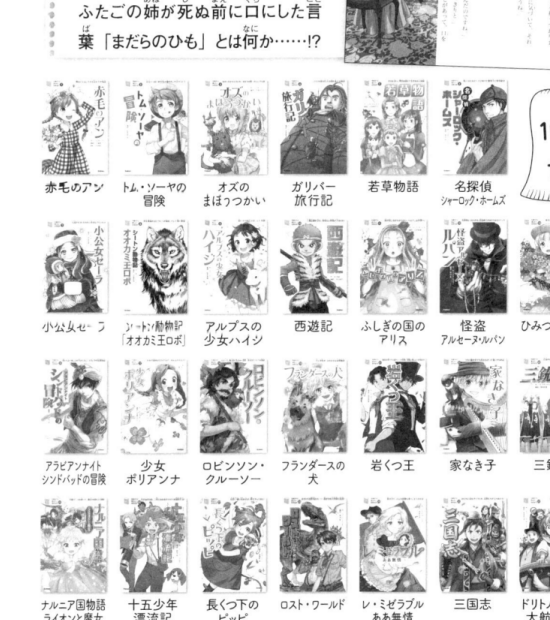

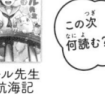

編著 **二階堂黎人** （にかいどう れいと）

1959年東京都生まれ。90年、第1回鮎川哲也賞で『吸血の家』が佳作入選、92年、『地獄の奇術師』（講談社）でデビュー。推理小説を中心にして、名探偵二階堂蘭子を主人公にした『人狼城の恐怖』四部作（講談社）、水乃サトルを主人公にした『智天使の不思議』（光文社）、ボクちゃんこと6歳の幼稚園児が探偵として活躍する『ドアの向こう側』（双葉社）など、著書多数。大学時代に手塚治虫ファンクラブの会長を務め、手塚治虫の評伝『僕らが愛した手塚治虫』シリーズ（小学館）も発表している。

原作者

モーリス・ルブラン

1864年、フランスのルーアンに生まれた、推理、冒険小説家。

1905年に『怪盗ルパン』シリーズを出し、世界中の人々に読まれるベストセラーとなる。

絵 **清瀬のどか** （きよせ のどか）

漫画家・イラストレーター。代表作に『鋼殻のレギオス MISSING MAIL』『FINAL FANTASY XI LANDS END』（ともにKADOKAWA）、『学研まんがNEW日本の歴史04-武士の世の中へ-』『10歳までに読みたい世界名作12巻 怪盗アルセーヌ・ルパン』『10歳までに読みたい名作ミステリー 怪盗アルセーヌ・ルパン』（ともにGakken）など。

10歳までに読みたい名作ミステリー
怪盗アルセーヌ・ルパン
813にかくされたなぞ

2017年 3月14日 第1刷発行
2025年 3月24日 第10刷発行

原作／モーリス・ルブラン
編著／二階堂黎人
絵／清瀬のどか
デザイン／佐藤友美・藤井絵梨佳（株式会社昭通）

発行人／川畑 勝
編集人／高尾俊太郎
企画編集／松山明代 石尾圭一郎
編集協力／勝家順子 入澤宣幸 上甕真紀子
DTP／株式会社アド・クレール
発行所／株式会社Gakken
〒141-8416 東京都品川区西五反田2-11-8
印刷所／株式会社広済堂ネクスト

この本に関する各種お問い合わせ先
● 本の内容については、下記サイトのお問い合わせフォームよりお願いします。
https://www.corp-gakken.co.jp/contact/
● 在庫については Tel 03-6431-1197（販売部）
● 不良品（落丁、乱丁）については Tel 0570-000577
学研業務センター 〒354-0045 埼玉県入間郡三芳町上富279-1
● 上記以外のお問い合わせ Tel 0570-056-710（学研グループ総合案内）

NDC900 170P 21cm
©R.Nikaidou & N.Kiyose 2017 Printed in Japan
本書の無断転載、複製、複写（コピー）、翻訳を禁じます。
本書を代行業者等の第三者に依頼してスキャンやデジタル化することは、たとえ個人や家庭内の利用であっても、著作権法上、認められておりません。
複写（コピー）をご希望の場合は、下記までご連絡ください。
日本複製権センター
https://jrrc.or.jp/ E-mail:jrrc_info@jrrc.or.jp
R（日本複製権センター委託出版物）

学研グループの書籍・雑誌についての新刊情報・詳細情報は、
学研出版サイト https://hon.gakken.jp/

この本は環境負荷の少ない下記の方法で制作しました。
● 製版フィルムを使用しないCTP方式で印刷しました。
● 一部ベジタブルインキを使用しています。
● 環境に配慮して作られた紙を使用しています。

物語を読んで、想像のつばさを大きく羽ばたかせよう！読書の幅をどんどん広げよう！

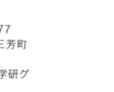

シリーズキャラクター「名作くん」

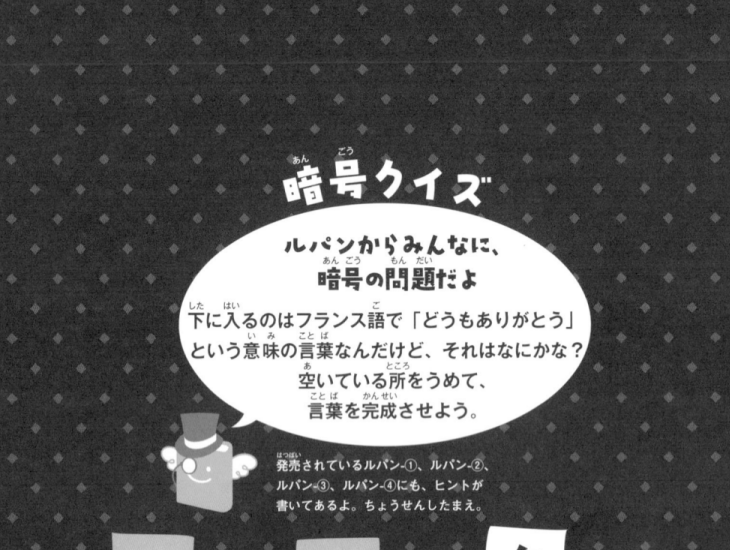